山东文化体验廊道故事丛书·上编

大运河
历史文化故事
（一）

DAYUNHE LISHI
WENHUA GUSHI

总编纂　王志民
主　编　郑民德

山东文艺出版社

图书在版编目（CIP）数据

大运河历史文化故事. 一 / 郑民德主编. — 济南：山东文艺出版社，2023.9
（山东文化体验廊道故事丛书）
ISBN 978-7-5329-6913-5

Ⅰ. ①大… Ⅱ. ①郑… Ⅲ. ①历史故事—作品集—中国 Ⅳ. ①I247.81

中国国家版本馆CIP数据核字（2023）第103414号

大运河历史文化故事（一）

DAYUNHE LISHI WENHUA GUSHI

总编纂　王志民　　主编　郑民德

主管单位　山东出版传媒股份有限公司
出版发行　山东文艺出版社
社　　址　山东省济南市英雄山路189号
邮　　编　250002
网　　址　www.sdwypress.com

读者服务　0531-82098776（总编室）
　　　　　0531-82098775（市场营销部）
电子邮箱　sdwy@sd-press.com.cn

印　　刷　山东临沂新华印刷物流集团有限责任公司
开　　本　880 毫米 × 1230 毫米　1/32
印　　张　6
字　　数　129千
版　　次　2023 年 9 月第 1 版
印　　次　2023 年 9 月第 1 次印刷
书　　号　ISBN 978-7-5329-6913-5
定　　价　59.00元

前 言

　　党的二十大报告明确提出："坚守中华文化立场，提炼展示中华文明的精神标识和文化精髓，加快构建中国话语和中国叙事体系，讲好中国故事、传播好中国声音，展现可信、可爱、可敬的中国形象。"习近平总书记在文化传承发展座谈会上深刻指出，要在新起点上继续推动文化繁荣、建设文化强国、建设中华民族现代文明。编纂出版《山东文化体验廊道故事丛书》（以下简称《丛书》）是深入学习贯彻党的二十大精神和习近平总书记重要指示精神，贯彻落实山东省委、省政府关于打造文化"两创"新标杆部署要求的重要举措，是立足山东文化资源优势，以沿黄河、沿大运河、沿齐长城、沿黄渤海和沿胶济铁路等文化体验廊道为轴线，以各市文化体验廊道建设为着力点，撷取历史文化精华的大型普及性学术工程，是在新的历史起点上讲好山东故事、坚定文化自信、推动文化繁荣、促进文旅结合的重点文化项目。

　　山东，古称"齐鲁之邦"，是中华文明最重要的发源地之一。奔流的黄河由山东入海，齐鲁大地是黄河文明的核心区域之一。巍峨屹立的泰山，自古以来就是历代帝王封禅之地，是中国东方上层文化的活动中心，1987年被联合国教科文组织列为中国第一个世界文化、自然双重遗产。黄渤海环绕的山东半岛是全国最大的半岛，漫长海岸线形成了丰厚的海洋文化资源，一直是中国北方海上丝绸之路的重要门户。山东又是伟大思想家、教育家孔子和孟子的故乡，是儒家文化的发源地，是中国人乃至全球华人、华裔心中的"圣地"。在被称为中华文明"轴心时代"的春秋战国时期，齐鲁是中华文明的"重心"所在：诸子百家，多出齐鲁；儒墨显学，独领风骚。齐国故都临淄，是当时最大的工商业都城，被国际足联命名为"足球起源地"；这里诞生了中国历史上最早的大学堂——稷下学宫，是诸子百家争鸣的学术文化中心；齐长城西起济水，东到大海，蜿蜒于泰沂山脉，全长一千余里，是现存最早的有准确遗迹可考、保存状况较好的古代长城；被列为世界文化遗产名录的京杭大运河，纵贯山东南北，极大影响了元明清以来山东地区的经济文化发展，鲁西沿岸城市带的崛起，成为中国南北文化交流融合的运河明珠，见证了山东地区社会文化的隆替嬗变。近代以来，随着烟台、青岛等沿海城市的崛起和胶济铁路的修筑，山东成为中西文化交流、冲突、碰撞、融合的核心地区之一，收回青岛主权成为"五四"爱国运动的导火索。革命战争年代，山东党政军民用生命和鲜血凝聚而成的"党群同心、军民情深、水乳交融、生死与共"的"沂蒙精神"，是齐鲁优秀文化、伟大建党精神与中国共产党领导的人民革命英雄主义精神的集中体现，是对山东境内沂蒙、胶东、渤海、鲁西（冀鲁豫边区）

等抗日革命根据地红色文化、革命精神的集中凝练和概括，与延安精神、井冈山精神、西柏坡精神等一起成为中国共产党人精神谱系的重要组成部分。齐鲁文化在中华文明发展中的特殊地位，山东地区源远流长、丰富厚重的文化资源，坚定文化自信和自觉的历史责任担当是我们举全省之力编纂《丛书》的内在动力。

《丛书》以国家文化公园建设为引领，以落实文化"两创"、推动"两个结合"为宗旨，以推动全省及各市文化建设为目标，是具有权威性、故事性、可读性、趣味性的历史故事集成，是一套可携带、可利用、可转化的文化读本。《丛书》分为上、下两编，上编16本，围绕"四廊一线"文化体验廊道、八大文化传承发展片区展开。"四廊一线"构筑的沿黄河、沿大运河、沿齐长城、沿黄渤海、沿胶济铁路的文化交通线纵横交错，相互联系又各具特色，其特点是以脍炙人口的故事形式联通"四廊一线"的人物事迹、重点景区、遗址遗迹等，厚植文化体验廊道的思想内涵和文化底蕴。八大文化传承发展片区，既涵盖了沂蒙、渤海、鲁西、胶东四大红色文化片区，又吸收了泰山文化、儒学文化、齐文化作为重要支撑，演奏出山东历史文化、革命文化、社会主义先进文化的时代交响。下编16本，紧紧围绕各地市优势和特色展开，主要记述本地区历史故事、文化遗址与人文景观、非物质文化遗产等内容，是推动文化廊道落地、推进片区文化建设、增强文化认同、深化文旅体验的重要载体。

《丛书》由山东省委常委、宣传部部长白玉刚统筹谋划和指导，省委宣传部专门组建学术编纂委员会负责具体实施，省直各有关部门和各市委宣传部给予大力支持配合，省内相关高校、研究机构和各市有关单位共100余位专家学者积极参与，历经酝酿策划、启动实施、提纲设计、样稿研讨、通稿审稿、编辑出版等六个阶段。2022年以来，省委、省政府先后印发《关于打造中华优秀传统文化"两创"新标杆行动计划（2022—2025年）》《关于建设文化体验廊道推动文旅融合高质量发展的实施计划（2023—2025年）》，全方位挖掘展现山东人文沃土可以深度耕作的比较优势，为《丛书》编纂做好了思想、学术和组织准备。具体编纂过程中，省委宣传部专门印发《关于做好〈丛书〉编纂工作的指导意见》，统一思想认识，作出全面部署。编委会以线上线下形式，多次召开全体会议和分组专题会议，狠抓三个重要工作节点：**一是审定编撰提纲**。通过反复研讨、交流、修改、会审等形式逐一审定编写提纲，最大程度保证全书质量。**二是树立样稿典型**。集中力量撰写、反复研讨修改，确定分类样稿，做好典型导引。**三是全力做好通稿统审**。采用主编初审、各卷主编交流互审、学术专家主审、首席专家终审等层层把关、集中审查、反复修改的方式提高稿件质量。

回顾《丛书》编纂工作，始终注意把握好以下四个方面：**一是坚定文化自信**。通过挖掘历史资料、开发历史资源、恢复历史场景等形式，获取文化营养，坚定文化自信。**二是助推文化自觉**。通过传承弘扬优秀传统文化、红色文化、社会主义先进文化，深入挖掘历史先贤和革命先烈的伟大事迹，推动文化自觉，与培育践行社会主义核心价值观有机结合。**三是落实文**

化"两创"。精选真实历史故事，注重挖掘故事背后的文化内涵，推动齐鲁优秀传统文化在新时代创造性转化和创新性发展，推进文化自信自强。**四是服务文旅融合。**借助故事、景观、遗址、非遗讲解词、短视频等融媒体形式，让广大读者在区域文化旅游、廊道文化体验中感受中华文化的博大精深，增强民族自豪感和自信心。

在内容撰写上注重四个结合：**一是与廊道体验相结合。**突出廊道建设概念，以故事为纬线，以时代发展为轴线，通过富有魅力的故事讲述，展示历史人物、景观、史实，引领读者体验传统文化的恢宏气势和博大精深。**二是与景观建设相结合。**以真实动人的故事为景观建设提供重要的历史资源和文化依据，通过一个个精品景观建设展示历史故事的丰富内涵和当代价值。**三是与文物保护相结合。**通过讲述历史故事，让广大读者进一步了解相关文物、遗址的历史文化价值，提升文物保护意识，推动群众性文物保护工作再上新台阶。**四是与媒体利用相结合。**立足于故事转化，使故事成为各类媒体传播的重要基础、蓝本和素材，成为廊道文化、片区文化讲解、传播的重要学术依据和资料来源。

《丛书》的编纂出版，是普及、传播优秀传统文化，推动文化"两创"的新尝试。衷心希望广大读者通过阅读本书，吸收丰富文化营养，多提宝贵修改意见。

编者

2023 年 8 月

导　语

　　大运河在山东境内开凿，至今已有两千余年的历史，隋唐大运河、京杭大运河均流经山东境内，其他局部性运河更是数量众多。运河文化是齐鲁文化的重要组成部分，对山东区域社会产生了巨大且深远的影响。目前京杭大运河山东段自北往南经德州、聊城、泰安、济宁、枣庄五市，全长六百余公里，其中临清至德州段为断航河段，济宁至枣庄段为通航河段，通航河段目前仍发挥着重要的航运、灌溉、供水、分洪、排涝、生态功能。

　　大运河的开凿、贯通与衰落，在一定程度上凸显了中国社会特殊的运行与发展轨迹。大运河既是一条交通廊道，更代表了一种制度、一个知识体系和一种生活方式。运河流经山东各区域所孕育出的文化，既是齐鲁文明的重要组成部分，也是中国传统文化的重要内容。通过水的流转，运河成为河工建设、漕粮运输、市场构建和社会发展的载体。运河文化有其特定属性，人工开挖是其区别于其他河道的水利属性，河工与漕运的政治功能是其国家属性，贯通南北是其社会属性。而作为文化的载体、文化联结的纽带，运河在影响和改变人们生活方式上的功能则更具有延续性与时空性，影响了中国古代社会上千年之久。

本书所写的大运河历史文化故事，是指历史上发生于山东运河区域范围内，或文字记载，或口耳相传的故事。故事的载体既包括早期的局部性运河，如菏水、淄济运河、洸汶运河、桓公渎等，也涵盖后世隋唐大运河、京杭大运河的山东段。山东运河的特点是历史悠久、底蕴深厚、科技含量高、社会影响大，因此书写大运河历史文化故事，最主要的目的是通过对山东运河文化的深入挖掘，揭示大运河对国家政治、经济、文化及山东区域社会的影响，总结历史变迁的规律。

本书以山东大运河历史文化故事作为写作视角，分开渠通运、巧思治河、转漕南北、大运之旅四部分，涉及山东运河河道开凿、工程建设、战争对峙、漕粮运输、帝王巡幸、文人旅行、对外交流等内容，深刻反映了山东运河文化历史悠久、底蕴深厚、兼收并蓄、开拓创新的特点。第一部分从夫差开挖邗沟以北上与齐国、晋国争夺霸权开始，对山东境内菏水、淄济运河、洸汶运河、桓公渎的开凿进行了介绍，并由此引出了黄池会盟、荀羡北伐、桓温北伐等历史故事，这些山东境内早期运河主要发挥了军事、运输方面的功能，影响了当时的政治格局，也为后世运河的开凿提供了经验与借鉴；第二部分主要对元明清三朝保障京杭大运河山东段贯通的治河举措、水工设施、治河人物进行了叙述，内容涉及运河的开挖及决口的治理、堤防的修筑、闸坝的设置、水柜的维护、河道的管控、物料的核验，既体现了山东运河较高的政治与河工地位，也反映了山东劳动人民治河的伟大智慧与创新精神；第三部分对历代漕运官员治漕、理漕的故事进行了介绍，同时抓住漕运系统中漕粮、漕程、漕船、闹漕、漕弊、漕军、漕夫等具体事件的细节及人物情感的变化，描绘了山东运河上不同群体、不同阶层之间的爱恨情仇与利益博弈；第四部分以帝王巡幸、文人旅行、对外交流等故事为书写对象，既写到了明武宗、康熙帝、乾隆帝南巡途经山东的有趣经历，也谈到了明清两朝诸多文人墨客在山东运河沿岸游历的精彩见闻，还对山东运河在中外交流中发挥的作用进行了介绍。苏禄国东王葬德州、朝鲜使者崔溥临清遇"故知"、日本僧人策彦周良参观济宁太白楼、英国使团画运河等故事，无不体现了山东运河开放包容、兼收并蓄的特点。

山东大运河历史文化故事是伴随着运河的开凿、漕运的畅通、河工建设的进行而产生并发展的，这些故事犹如运河文化长廊上的颗颗明珠，既体现了山东悠久的运河文明与深厚的历史底蕴，又折射出历史上山东民众伟大的智慧与创造精神。山东大运河历史文化故事有着鲜明的闸河特色，平地开河、南旺枢纽、黄运治理、梯级船闸等重要水工文化渗透于诸多故事之中，而儒家文化、黄河文化、泰山文化、运河文化交相辉映，相互促进与影响。因此对山东运河故事的书写不仅仅是对故事进行搜集与整理，更多的是通过这些故事来揭示运河文化的博大精深及其对山东区域社会的影响。从更深层次上讲，山东大运河开凿与变迁的过程，蕴含着山东民众坚韧不拔、勤劳朴实、守正创新、勇于担责的优秀品质，这些精神世世代代影响着齐鲁大地，并将继续传承下去。

山东运河除了在过去的历史时期发挥过重要作用外，其丰富的文化内涵在当代也有着重要价值。2014年，中国大运河获准列入《世界遗产名录》，标志着这一水利工程成为世界性文化遗产。山东运河作为中国大运河的重要组成部分，临清、阳谷、微山等河段入选世界遗产河段，戴村坝、十里闸、利建闸等入选世界文化遗产点。

2017年，习近平总书记指出："大运河是祖先留给我们的宝贵遗产，是流动的文化，要统筹保护好、传承好、利用好。"从而为大运河文化的科学发展指明了方向。2019年，中共中央办公厅、国务院办公厅印发了《大运河文化保护传承利用规划纲要》，要求挖掘大运河在数千年历史中逐步凝练、升华的中华民族优秀传统文化，讲述大运河水上文明史，讲活大运河历史和当代故事，深化全社会对大运河文化的认知，切实增强文化自信。保护好、传承好、利用好大运河文化有助于提升国家文化软实力，建设好社会主义文化强国。按照中央文件要求，山东省人民政府也发布了《山东省大运河文化保护传承利用实施规划》，该规划指出："围绕运河文化主轴、齐鲁文化高地和五大片区建设，深入挖掘各地文化资源，推动儒家文化、泰山文化、齐文化、黄河文化、海洋文化、红色革命文化与运河文化的互促共进、并荣共生，加强沿运文化交流合作，弘扬优秀传统文化，传承中华文化基因，彰显齐鲁文化独特魅力，形成辐射联动的发展格局"。在贯彻国家及山东省关于大运河诸项战略的基础上编纂山东大运河历史文化故事，无论是对山东运河文化的挖掘、保护和利用，还是对打造齐鲁文化高地、推广"鲁风运河"文化品牌，都具有重要意义。

目　录

一

开渠通运

山东运河有着悠久的历史与丰富的文化内涵，在两千余年的时空长河中，大量因运河而生的故事犹如一颗颗璀璨的明珠连缀成了一条运河文化长廊。从春秋时期夫差开凿邗沟与齐军战于艾陵，到隋代开凿永济渠途经山东临清、德州，再到元代开凿济州河、会通河，山东运河对国家政治、经济、文化的影响不断增强。大运河的变迁不仅给山东留下了不计其数的文化遗产，更留下了诸多脍炙人口、口碑载道的历史故事。这些故事既是广大劳动人民智慧的结晶，也反映了他们认识自然、改造自然、与自然和谐共处的过程，闪烁着人民群众艰苦奋斗、持之以恒、勇于担当、开拓创新的精神。

（一）运河初凿

1. 艾陵之战

中国运河故事不可胜数、绚烂多姿。历史文献中有明确记载的第一条运河——邗沟，就与发生于山东地区的艾陵之战有着密切的关系。它始凿于春秋时期，服务于军事战争，对中原霸权的转移产生了巨大影响。

春秋时期列国争雄、烽烟四起，大国忙于征战，小国急于自保，当时的东周王室已势力衰微，只能依靠大的诸侯国勉强维持地位。北方地区形成了齐、晋等强国，南方则以吴、楚为首，各国之间为了利益或结盟或对抗，导致战争纷起、百姓罹难。出于军事需要，各国纷纷利用黄河、长江及其支流运输漕粮、物资，甚至开始了人工开凿运河的活动。

邗沟由地处长江中下游的吴国开凿。吴国始祖为周文王的伯父泰伯，历史上有"泰伯奔吴"的传说。吴国的统治范围涵盖今天江苏、安徽两省长江以南的部分，以及环太湖浙江北部，都城位于姑苏（今江苏苏州）。吴国被誉为"四战之地"，周围楚国、越国虎视眈眈，同时中原齐、晋诸国视吴为蛮夷，蔑称吴君为"吴子"，吴国时刻面临被吞并的危险。为富国强兵、改变局势，阖闾、夫差两代国君任贤使能，重用伍子胥、孙武等名臣，同时积聚粮食、充实兵库，灭掉陈国，重创楚国与越国，威震江南。其后，夫差野心日益膨胀，大臣伯嚭说："大王重创楚、越，威震江南，周边国家胆战心惊，不敢对吴有丝毫冒犯。但北方齐、晋等国向来瞧不起咱们吴国，经常轻视于吴，若能击败齐、晋两国，中原诸国自然对吴俯首帖耳，到那时大王的霸业也会水到渠成。"听了伯嚭的话后，夫差连连称善，于是准备北上中原，进击齐国。之所以选择齐国，是因为齐桓公为春秋第一任霸主，只要击败齐国，就可以迫使其他诸侯国臣服于吴。

吴国虽地处水乡，交通便利，水上运输有着天然的地理优势，但当时长江、淮河两大河道并不相通，吴军由姑苏北上需要历经水陆转输，耗时费力。于是夫差自邗（今江苏扬州附近）筑城，同时利用长江、淮河之间水网密布的条件开凿运河，引长江水北流，穿过射阳、博芝等湖泊，至淮安的北神堰末口入淮河。这条贯通江、淮的运河因流经邗城附近，故称"邗沟"。

邗沟开通后，吴国不断操练水军、建设船舰，军事力量日益强大。公元前 485 年，吴国兵分两路北伐齐国，忠臣伍子胥劝阻夫差，称："齐国与吴国距离遥远，两国习俗不同、语言不通，即便战胜齐国，也不能得到齐国百姓的拥护。如果劳师远征，国内空虚，楚、越两国对吴怀恨已久，随时可能进行报复，希望大王考虑清楚。"但夫差一意孤行，早已被野心冲昏了头脑，根本不听伍子胥的忠谏之语。夫差将吴国的军队分为两路进攻齐国，一路由徐承率舟师自海上侵扰齐国边境，一路由夫差亲率大军由姑苏城出发，从江南运河入长江，再自长江进邗沟，从邗沟入淮河，由淮河支流泗水进入齐国境内。结果海上舟师被齐国击败，退回吴国。而夫差一军联合鲁、郯诸国，占领齐国多座城池，齐国发生内乱，齐悼公被杀，只得向夫差求和。齐国示弱后，夫差回军。但仅过一年（前 484），齐国对鲁国助吴攻己怀恨在心，出兵报复，鲁国国力弱小，只能向吴国求援。吴王夫差认为这是一战而胜齐从而称霸中原的绝好机会，于是再次沿邗沟北上，与齐军对峙于艾陵（今山东莱芜附近）。

在军力对比上，吴、齐两国均有十万兵力，大致相当，但吴国劳师远征、齐国以逸待劳，加之齐军习于陆战，有闻名天下的"技击之士"，因此习惯于水上攻战的吴军并不占优势。在战斗初期，齐将国书、田书以保家卫国为口号，激励士兵称："我们齐桓公为春秋第一任霸主，齐国在诸侯国中久负盛名，夫差乃蛮夷之人，竟然无缘无故地来侵犯齐国，这是对齐国的侮辱与蔑视。大家一定要齐心协力保卫国家，击败来犯之敌。"齐军大受鼓舞，人人奋勇争先，首战小胜吴军。齐将田书认为胜券在握，甚至让士兵准备长绳，以便将击杀的吴兵头颅绑在战车上以示军威。但战场形势瞬息万变，吴军吸取首战失利的教训，利用齐军的麻痹大意，将十万大军分为两队，一队与齐军正面对峙，一队为预备队，随时准备救援。当双方血战相持、精疲力竭时，夫差运筹帷幄，佯装战败，鸣金收兵。齐将误认为吴军大败，于是放松了警惕，而夫差利用齐军轻敌的机会，将预备队投入战场，对齐军两面夹击。最终齐军大败，无数将士葬身疆场。此战夫差采取诱敌深入的策略，歼灭十万齐军，俘齐军将领国书、闾丘明、东郭书等，缴获战车八百余辆。因战车不适合在吴国使用，于是赠予盟国鲁国。

艾陵之战后，夫差声望达到鼎盛，各诸侯国纷纷祝贺，夫差称霸中原的抱负得以实现。

2. 黄池会盟

吴王夫差在艾陵之战中大胜齐军后，内心愈加狂妄。不但逼迫贤臣伍子胥自杀，将其尸体投之于江，而且以"保全周室"

为名，意欲继续北上，与中原强国晋国争夺霸主，从而实现威慑诸国的目的。

公元前483年，夫差全然不顾国内庄稼尚未成熟，兵粮难以为继的现实，急不可待地起兵北上。吴国十数万大军由都城姑苏沿江南水道进入长江，由长江入邗沟，再由邗沟入淮河，逆泗水进入山东境内。为拉拢更多盟国，夫差以强大的武力为后盾，开展了广泛的外交活动。先是联合鲁国、宋国结成联盟，后又迫使卫国加入吴国集团，从而形成了以吴国为首的联军。

吴、晋两国选择的会盟地点在黄池（今河南封丘西南），黄池位于济水岸边，但是济水与泗水并不相通，吴国的舰队无法从泗水进入济水，这成了阻碍吴、晋会盟的地理障碍。有大臣劝告夫差："晋为大国，实力雄厚，吴军长途远征，师老兵疲，加上前方没有水路可通，大量兵员、粮草无法运输，不如回国，待晋国发生内乱后再进行征伐。"但夫差固执己见，决意伐晋，他认为既然江淮可开邗沟，那么山东境内自然也可以

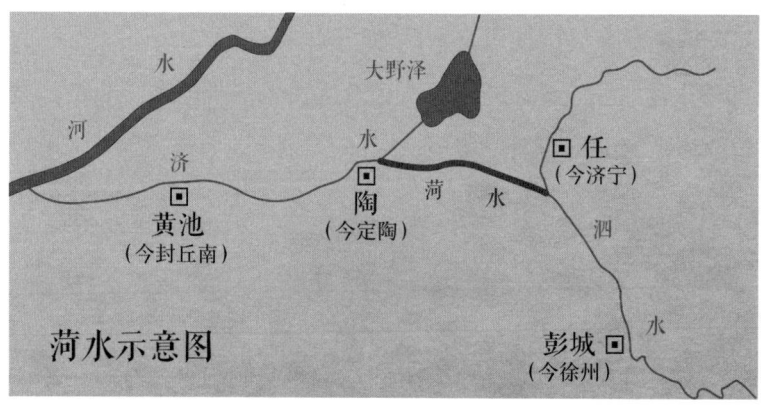

菏水示意图（聊城中国运河文化博物馆供图）

开辟水路。通过勘查沿途水道环境，他发现泗水、济水之间存在巨野泽、菏泽等大片沼泽，可以为开挖的运河提供水源。于是他命吴军自山东定陶东北由济水所汇的古泽菏泽引水而东，至鱼台县北注入泗水。这条"挖为深沟，沟通鲁国与宋国，北至于沂水，南至于济水"的运河，历史上称为"菏水"。

菏水开通后，吴国舰队顺利到达了黄池。公元前482年，夫差与晋定公、单平公、鲁哀公举行会盟。吴、晋两国争夺盟主之位，互不相让。夫差称："我为太伯之后，太伯是周部落首领公亶父的长子，再加上我们吴国兵强马壮，先后击败强国齐国、楚国、越国，所以盟主之位非我莫属。"而晋定公毫不退缩，他说："你们吴国远道而来，我们晋国以逸待劳，会盟的地点在我们晋国附近，我们属于地主；另外晋国的第一任国君为周武王之子、周成王之弟，血统纯正，立国即为侯国，而你们吴国为子国，无法与我们相提并论。"面对争执不下的局面，为迫使晋定公屈服，吴王夫差派数万兵士组成三个方阵，包围了晋军。晋定公被迫在歃血为盟时尊夫差为长，夫差成为中原盟主。为获得周王室的承认，夫差派遣使臣前往东周王城洛邑（今河南洛阳）报喜，吴国霸业达到了顶峰。

在黄池会盟的同时，越王勾践趁吴国国内空虚，发兵攻打吴国都城姑苏，焚烧姑苏城，俘吴太子友及将军弥庸，吴国遭到重创。夫差心急如焚，率军马不停蹄地赶回姑苏。但吴军经长途跋涉，早已疲惫不堪，无力与越军交战，夫差只好向勾践求和，以乞苟延残喘。四年后，越国日强，吴国益弱，越国大规模攻吴，于笠泽（今江苏吴江一带）大败吴军，后又持续伐吴。公元前 473 年，越军包围姑苏长达三年之久，夫差乞降未成，自杀身亡，吴国遂灭。

3. 齐开淄济运河

齐国为东方大国，其建立者为西周武王分封的姜尚。齐国疆域辽阔，有鱼盐之利，加之国富民强、兵甲众多，为"千乘之国"，也为春秋四大国之一。至齐桓公主政时改革内政，重用管仲，不断开疆拓土，国力日盛。齐桓公还以"尊王攘夷"为口号号令天下，成为春秋时期的第一个霸主。田氏代齐之后，齐国力量虽有削弱，但仍为战国七雄之一。其都城临淄（今山东淄博临淄区）为著名的政治、经济、文化中心，不但有稷下学宫，汇聚天下英才，而且城市人口数达数十万，居民生活丰富，吹竽、鼓瑟、弹琴、斗鸡者众多，道路之上肩摩毂击，举袂成幕、挥汗成雨，为战国时期最繁华的城市之一。而这种局面的出现与淄济运河的开挖是分不开的。

齐国都城临淄因位于淄水旁而得名。淄水是一条发源于山东中部、向东北流入海的较短河流，该河与临淄北面的济水并不相通。齐威王时期，有大臣上疏称："齐国有山海之利，但陆路交通极不便利，与赵、魏等中原强国的联系较少，如果能够开辟水路发展运输，那么齐国必将恢复齐桓公时的强盛。"面对这一建议，诸臣有赞成者，也有反对者。反对者言："开辟运河违背了水的自然属性，不但会导致水道紊乱，引起洪水泛滥，淹没周边农田庐舍，而且劳民伤财，百姓怨恨，不利于社会稳定。"权衡利弊后，齐威王决定在淄水、济水之间开凿运河，以发展齐国的水上交通，加强与魏国、赵国等诸侯国的政治、经济、文化交流。

开挖淄济运河借助了临淄西北的自然河道时水，齐国征集了大量民工，先是在淄水与时水之间开挖，沟通了淄水与时水。又在时水与济水之间开挖运河，沟通了时水与济水，间接沟通了淄水与济水。在开河过程中，因运河联系的自然河道过多，遇到了一些困难，如不同河流高差不同，河水不能顺利流入或流出等。反对者趁机妖言惑众，称："随便开挖河道惹怒了河神，惩罚会随之而来，不久之后河道会干涸，沿河农田将无水灌溉。"听到这些谣言后，很多百姓受其蛊惑，人心动摇。面对这种情况，开河官员一方面安定民心，一方面征询百姓意见，在两河相交处设置了控水与引水设施，解决了难题。

运河成功开通后，淄水下游因无水源补给逐渐干涸，淄水成为济水的支流，而淄济运河也成为淄水的一部分。通过淄济运河，齐国的军队与商货可以从都城出发，由运河进入济水，再沿济水向西南航行，直达魏、鲁、宋、赵诸国，军事征战与商业、文化交流非常便利。中原诸国的大量商货通过淄济运河源源不断地输往临淄城，许多临淄民众开始从事商业经营，"家敦而富，志高而扬"，临淄渐渐成为"海岱间一都会"与"千丈之城"。

4. 荀羡开河北伐

西晋灭亡后，宗室司马睿在建康（今江苏南京）建立东晋王朝，而北方地区陆续出现了"五凉、四燕、三秦、二赵、成、夏"等十六个政权，与东晋南北并立，史称"东晋十六国"。荀羡为东晋将领，出身世家大族"颍川荀氏"，娶晋元帝之女寻阳公主，拜驸马都尉，后升徐兖二州刺史。其在山东境内开凿洸汶运河，以助东晋北伐，力图统一全国。

东晋永和五年（349），后赵国君石虎称帝当年即病死，其子孙为争夺帝位相互残杀，后赵政局陷入动荡。地处东北的前燕趁后赵群龙无首，兴师南下，很快灭亡了石氏政权。东晋王朝认为北方战乱，前燕立足不稳，如此时北伐，不但可以得到饱受战乱之苦的北方民众的支持，而且师出有名。在此背景下，永和十二年（356），担任徐兖二州刺史的荀羡奉东晋王朝之命，北伐前燕，力图恢复中原，建立不世功业。当时前燕将领慕容恪已率大军将归附东晋的后赵将领段龛镇守的广固（今山东青州）团团围住。段龛不断向荀羡寻求支援，荀羡深知慕容恪富有谋略，如正面交锋，晋军劳师远征，未必能轻易取胜。于是决定避开燕军锋锐，采用战国孙膑围魏救赵之计，自徐州逆沂水、沭水北上，进军山东琅琊阳都（今山东沂南一带）诸地，驱逐这一地域的燕军。不久，广固城被燕军攻陷，段龛降燕，慕容恪留下部分军队驻守广固，自己率军回撤。

同年，燕将慕容兰屯兵东阿，侵扰东晋边境。荀羡再次北伐，晋军为方便军队、粮草运输，沿泗水北上。至任城（今山东济宁）、东平，再无水道可供北上。荀羡面对无水可用、无路可通的困境，一筹莫展、束手无策。要解决这一问题，必须开辟运河以达东阿。荀羡在考察附近水道网络的基础上，发现当地有一条自然河流洸水，该河为山东境内大汶河的支流，自刚县（今山东宁阳县堽城镇附近）流至任城与洙水交汇，又南流至高平郡（今山东巨野附近）与泗水合流南下。于是，荀羡疏浚洸水与大汶河之间的水道，使两河相互贯通形成运河，称"洸汶运河"。荀羡运粮船队沿洸水逆流而上，至刚县后转入汶河，再顺流而下至东阿。

洸汶运河的开辟，大大提高了军资运输效率。荀羡以迅雷不及掩耳之势抵达东阿，慕容兰猝不及防地被杀，荀羡乘机收复了中原大片土地。正当荀羡踌躇满志恢复故国时，却突然身患重病，三十八岁即病逝，正所谓"出师未捷身先死，长使英雄泪满襟"，北伐大业也随之失败。

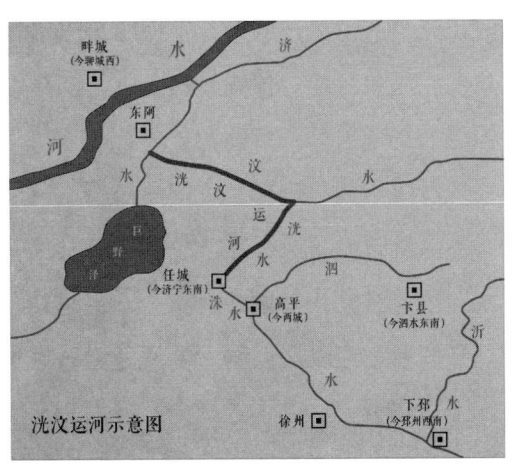

洸汶运河示意图（聊城中国运河文化博物馆供图）

11

5. 桓温凿渠山东

桓温为东晋名臣，他一生致力于恢复故土，曾三次北伐，但均无果而终。他第三次北伐前燕时，东晋军队深入山东境内，开凿了桓公渎，沟通了济水、泗水、汶水，便利了军事物资的运输，促进了山东水上交通网络的形成。

东晋太和四年（369），桓温率大军北伐前燕，力图一战而定中原。此次北伐，桓温踌躇满志，不但东晋主力尽出，其弟南中郎将桓冲、西中郎将袁真及名将毛穆之随征，而且有舟师运输粮草，可谓兵强马壮、势在必得。晋军船队自安徽姑孰镇出发，顺长江而下，在扬州附近驶入邗沟，又从邗沟进入淮河，然后逆泗水到达徐州。在徐州稍作休整后，桓温又沿泗水北上，进入山东境内，于六月攻克前燕军占领的湖陆县（今山东鱼台县东南）。湖陆地处泗水、洸水交汇之地，水利资源丰富。但当时正逢旱季，久不降雨，不但水源匮乏、河道干涸，而且庄稼枯萎、粮食难继，桓温异常苦闷，踟蹰不前。百般无奈之际，桓温只得前去勘查前朝荀羡所开的洸汶运道能否继续使用。但发现经多年战乱破坏及天旱的影响，河道淤塞严重，水流微弱，不能承载船只通行。

面对水道断绝、北伐大业即将功亏一篑的局面，桓温只能另辟蹊径，开凿新运道以便运输。于是，他命冠军将军毛穆之负责开河。因军情紧急，毛穆之调集上万军人奋战于工地，并不时予以激励，以加快工程进度。经过近一个月热火朝天的劳作，终于凿成了一条沟通济水与泗水、长达三百余里的新运河。河道南起方与（今山东鱼台县西）境内的泗水，经巨野泽诸湖泊，北至大清河（古济水支流），史称"桓公渎"。因新开运河中间较高、南北较低，河水不能畅流，于是运河自最高处的薛训渚（今山东嘉祥附近湖泊）分为两部分：南段流入泗水，利用了巨野泽南流的旧河道；北段流入济水，成为新开挖的薛训渚经济宁、郓城、梁山入济水的人工河道。桓公渎为南北走向，其建设为后世开凿济州河、会通河等京杭大运河山东段提供了经验与借鉴。

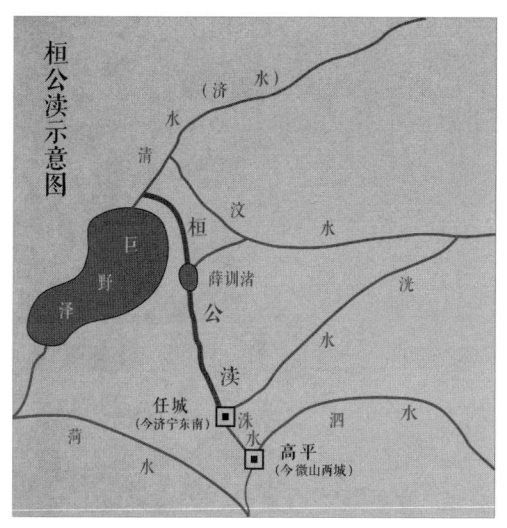

桓公渎示意图（聊城中国运河文化博物馆供图）

桓公渎开通后，桓温船队由泗入济，再自济顺流而下入黄河，船只绵延数百里，蔚为壮观。桓温好大喜功，认为此次北伐定能成功，自己也会青史留名，成为东晋王朝的柱石。不过此时大臣郗超建言："船队由济水入黄河属逆水而进，难通漕运，后续粮草无法运输。如果前燕军队固守不战，那么运道断绝，将会陷入无粮的困境。"他向桓温建议，兵贵神速，全军直击前燕都城邺城（今河南安阳、河北临漳附近），那么无论前燕军队是弃城而逃还是固守，主动权都掌握在桓温手中。面对郗超的良计，桓温无动于衷，郗超又献一计：晋军可固守黄河、济水沿线，构筑城池，同时派重兵看守已经开挖的运河，控制漕运、储备军粮，待积蓄足够的力量后，来年夏季雨水充足时继续北伐。但桓温仍是不听。

郗超考虑到北方河道属季节性河流，水源不稳定，冬季容易结冰，船只无法通行，而且晋军多属南方人，面对北方酷寒的冬季无法应付，因此其建议具有很大的合理性。但桓温骄傲自大，坐失良机，继续由黄河进军，抵达邺城附近的渡口枋头，与早已在此等候多时的前燕军形成对峙之势。前燕军布局已久，不但派兵偷袭晋军粮道，破坏新开运河，而且向前秦寻求援助，苻坚派军数万骚扰桓温后方。更为严重的是，东晋西线袁真未能打开沟通汴水与黄河的石门，后续粮草难以为继。在诸多困难面前，桓温意识到恢复中原已成梦想，于是下令撤军。因河道浅涸、船只众多，撤军速度缓慢，只得命令烧毁所有船只，从陆路回返。沿途不断遭受前燕、前秦的袭击，损失数万人，北伐大业半途而废。

（二）运道纵横

1. 薛胄与丰兖渠

隋朝薛胄开凿的丰兖渠，位于山东兖州泗河附近，是一项既能防洪、排涝，又能灌溉、运输的综合性水利工程。这条运河不但改变了泗河泛滥成灾的局面，在隋唐数百年间长期发挥作用，而且在山东水利史、航运史上也有着重要地位，为元代兖州金口坝的修建及泗河的治理提供了借鉴。

隋初山东兖州境内泗河泛滥无常，导致庄稼失收、百姓罹难，一片萧条景象。开皇年间，河东汾阴（今山西万荣县）人薛胄由鲁州刺史、庐州总管转兖州刺史。面对兖州自然灾害频繁发生、泗河暴虐无常的状况，薛胄对百姓深为同情，立下了救万民于水火的大志。他决心对泗河进行治理，发展农田水利，使兖州成为风调雨顺、百姓和乐之地。

初至兖州时，薛胄发现兖州水患横行、饿殍遍地。为使泗河减少祸患，造福百姓，他利用公务闲暇，勘查泗河河道，遍访当地百姓。他询问老人："泗河为什么常年泛滥成灾，一直不进行治理呢？"老人答道："泗河一般冬春水少，灌溉农田困难，夏秋河水暴涨，冲毁沿岸房屋、田地。八十多年前元匡曾在泗河上修建控水设施，但经年年冲刷，损毁严重。东魏时娄昭决开泗河，淹灌城池，从此泗河更是无法约束。每至雨季，兖州地区水深数尺，庄稼颗粒无收，甚至有大量人口死于水患，白骨蔽野，幸存者只能四处乞讨。"听了百姓的血泪控诉，薛冑叹息道："兖州百姓何其难也！"于是，他下定决心在自己离任前一定要根治泗河水患，变水害为水利，改变兖州灾荒频仍、百姓受苦的局面，让泗河造福后世。

薛冑不顾劳累，勘查多日发现，兖州水利资源丰富，不但有沂、泗二水，而且其他小型河流更是不计其数。如加以改造，对于当地的农业发展、物资运输都是非常有利的。薛冑发布公文治理泗河，当地官员、士绅纷纷捐资捐物，百姓更是踊跃报名，义务参加河工劳动。遇有懈怠者，大家就说："薛刺史是河东人，不是我们兖州人，都有治理泗河，造福百姓的决心，我们世代定居在这里，子孙都生长于此，对待自己家乡的事都如此不积极，难道不感到羞愧吗？"于是大家众志成城治理泗河，并引泗河之水作为新开挖运河的水源。薛冑先在兖州城南泗河、沂水交汇处积石堰水，所修堤坝如一条巨龙般横跨于河道之上，拦阻了大部分水流，而溢出河水较少，因此下游民众遭受水患的概率降低，以前被淹没的土地涸出，成为肥沃的良田。而堤坝拦阻的河水则引入早已开挖的渠道内，从兖州城东延伸至济宁，长约数十里。据记载，薛冑建设堰坝后，泗水西流，沿岸低洼的湖沼之地变为良田，新挖河道又能运输漕粮、物资，便利了兖州、济宁与淮海等地的交流，百姓获利。为纪念薛冑的功绩与恩德，百姓称开挖的运河为"薛公丰兖渠"。

薛冑在兖州期间政绩卓著，受到了百姓的赞扬与爱戴，当其由兖州离任改任郓州刺史时，百姓携妻带子，老少相扶，相送数十里。面对百姓不忍离别的场景，薛胄流下了难舍的泪水，他说："我虽然在兖州时间并不长，但是我踏遍了这里的每一寸土地，这里就是我的故乡，你们都是我的乡亲。将来无论我为官何地，都不会忘记兖州、忘记泗河、忘记父老乡亲。"为不让百姓过于伤心，薛胄忍泪命车夫将车辆快速驶离。从此以后，薛胄再也没有回到过兖州，但兖州百姓世世代代都没有忘记他的恩德，不但为他建庙、修祠，而且不断维护、修缮丰兖渠。

2. 隋炀帝开凿永济渠

隋朝大运河分为通济渠、邗沟、永济渠、江南运河四段，其中流经山东的为永济渠，是隋炀帝为征伐高丽、运送漕粮而开辟的河道，起自洛阳，北至涿郡（今北京附近）。该河主要是将自然河道卫河加以疏浚而成，自河南经山东临清、武城、德州诸地入河北界，再由天津至北京附近。永济渠开通后，隋炀帝连续三次东征高丽，导致民不聊生，起义遍地，隋朝因此而亡。但正如唐代诗人皮日休所言，隋炀帝虽因开凿运河而累民，却也为后世留下了畅通的大运河。其诗曰："尽道隋亡为此河，至今千里赖通波。若无水殿龙舟事，共禹论功不较多。"永济渠对山东运河区域社会的影响长达上千年之久，其功至远且巨。

隋炀帝登基后，帝国统治面临诸多问题：南方存在叛乱势力，政局不稳；北方边境面临高丽的威胁，冲突不断。为稳定南方局势，加快漕粮向长安、洛阳的运输，隋炀帝于大业元年（605）征发黄河以南诸郡县男女百余万人，开凿了自河南郑州境内荥阳至江苏盱眙入淮河的通济渠。其率领的庞大船队不但震慑了江南潜在的叛乱力量，而且打通了漕粮运输路线。至于北征地处朝鲜半岛的高丽，消除迫在眉睫之患，则令隋炀帝忧心忡忡。早在隋文帝杨坚在位时，高丽就侵扰隋朝边境。开皇初年，高丽表面上臣服隋朝，却又向陈朝进贡，并联络突厥对抗隋朝。开皇十八年（598），高丽更是直接进攻辽西，被隋营州总管韦冲击败，从而为其后不断的冲突埋下了隐患。隋炀帝杨广认为，要击败高丽，必须要有顺畅的交通线以保障军需，因此，开凿途经山东的永济渠被提上了日程。

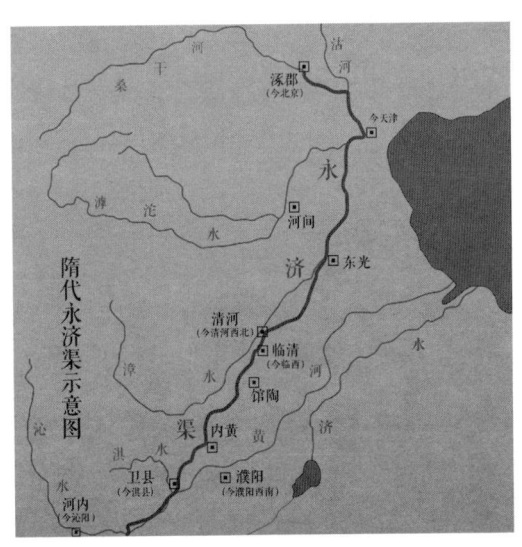

隋代永济渠示意图（聊城中国运河文化博物馆供图）

大业四年（608）正月，隋炀帝征发黄河以北诸郡县男女百余万人开凿永济渠。运河起自河南，经山东临清、武城、德州至涿郡，长达一千九百余里，沿途利用沁、卫、黄诸河为水源。当时负责工程的征北大总管麻叔谋异常严苛，凡男丁十五岁以上、五十岁以下者全部应役，如有隐匿者，斩三族。开河时正值寒冬腊月，河道结冰，大量百姓被冻伤腿脚，甚至有冻亡者。沿河百姓为逃避服役，甚至选择自断手脚，可见工程之艰苦。繁重的开河重担令山东百姓陷入了苦难之中，人们纷纷逃亡，还掀起了反抗隋王朝残暴统治的农民运动。大业七年（611），山东邹平人王薄在山东章丘长白山发动起义，并作《无向辽东浪死歌》激励百姓，辗转山东各地，多次击败官军。

永济渠开通后，大量山东、河南、河北等地的兵员、漕粮源源不断地被输往辽东前线，以集聚与高丽作战的物质基础。大业八年（612），隋炀帝出动大军一百余万人攻打平壤，但因孤军深入，大败而归，损失军械不计其数。其后隋炀帝又二征高丽，因杨玄感叛乱而功亏一篑。大业十年（614），隋王朝已摇摇欲坠，农民起义不断，但隋炀帝仍独断专行，继续孤注一掷地北征高丽。由于连续征调山东沿河百姓运输漕粮、物资，大量百姓死于路途之中，田地荒芜、饿殍遍地，一片凄惨景象。第三次征高丽取得了表面的成功，高丽暂时归附，但实际上仍不听命于隋炀帝。隋炀帝开渠山东征高丽，耗费了大量的民力、物力、财力，给山东百姓造成了巨大的苦难，严重破坏了山东社会秩序的稳定。但隋代大运河山东段的开凿，为元明清京杭大运河山东段的畅通提供了经验和借鉴，也促进了山东水上交通网络的形成及商货、文化的交流。

3. 武则天开渠通运

一代女皇武则天，是中国历史上著名的政治家。她不但任贤使能，而且重视水利建设与河道治理，在山东境内开凿了涟水新漕渠、湛渠等数条运河，既能灌溉沿线农田，提高了粮食产量，又排泄了洪水，提升了漕粮与物资运输能力，完善了山东水上交通网络。

唐代定都长安，但一直以洛阳为东都，其原因是洛阳水运交通便利，有黄河、洛河、永济渠、通济渠，可通江淮、山东、河北诸地，非常便于漕粮、物资向洛阳的运输。垂拱四年（688），为进一步完善水运交通网络，强化山东南部地区与江苏北部地区的联系，开挖了名为"官河"的涟水新漕渠。该河连通了自然河流沂河、潍河、淮河，流经海州（今江苏连云港附近）、沂州（今山东临沂附近）、密州（今山东诸城附近）等地。不但促进了山东、江苏食盐、布帛、粮食等商货的流通，而且促进了两省商业文化、民俗文化的交流，使鲁南、苏北地区的联系进一步密切，改变了过去涟水等地至密州、沂州需逆水行舟及陆路长途转输的困境。

武则天载初元年（690），为将山东兖州、曹州等产粮区的租赋运往京师，引汴水入白沟。白沟位于开封东北，其西段为鸿沟水系分支，东段为原济水、菏水故道，可从河南通往山东，后因泥沙淤断而不能通航。为恢复济水的漕运功能，武则天通过对淤塞故道的疏浚，贯通了名为"湛渠"的运河。之所以命名为"湛渠",是因为其河道清澈见底,泥沙较少,非常便于船只通行。湛渠与通济渠、古汴渠相互贯通,不但促进了山东漕粮向开封、洛阳等地的运输,而且扩大了山东与京城之间的文化交流,为宋代五丈河的开凿奠定了基础,具有重要意义。

武则天久视元年(700),黄河洪水频繁泛滥于山东鲁西地区,导致百姓田庐漂没、衣食无着。武则天非常忧虑,命水利官员前往山东考察地理地势与河道环境,寻求分洪措施。经过勘查后,发现位于河南、山东境内的马颊河(时称"新河")与黄河平行,如能将黄河洪水泄入马颊河入海,可减轻沿岸水患之害,于是开挖泄水通道。开挖疏浚后的马颊河出河南清丰县黄河故道,经南乐县入山东境内,历冠县、莘县、堂邑、清平、平原、德州、乐陵、无棣,至月河海口入渤海。马颊河除分泄黄河洪水外,还可用于灌溉田亩与运输漕粮、物资,具有运河的属性。

4. 五丈河畅通裕京城

五代时期社会动荡不安,具有雄才大略的后周世宗柴荣立下了"以十年开拓天下,十年养百姓,十年致太平"的远大志向,他南征北战,不断扩展后周的疆域。为进一步保障京城供需与军事补给,柴荣对于运河的开挖非常重视。当时开封至山东的湛渠经过上百年的战乱已废毁不堪,京城与山东的联系几乎中断,漕粮、物资运输需经陆路长途跋涉。为了运输,百姓不但被耽误了正常的农业生产,而且在运粮途中频繁逃亡,令柴荣非常忧虑。

为减轻百姓负担，增强开封与山东之间的交流，柴荣令水利官员疏导汴水，开挖自开封经山东曹州入大野泽，然后沟通泗水的运河。为顺利完成工程，柴荣不但发放国库银两作为开河经费，而且让沿线官员征发百姓从事开河劳动，数万军丁与百姓奋战于数百里长的河工现场。遇到淤塞的河道，他们就开挖淤泥，用泥土加固河堤；遇到湖沼，就引水入运河，丰富水源；遇到高阜，就铲除土石，深挖成河。经过军民数月热火朝天的劳动，新开挖的运河自开封流经山东曹州、郓城、济宁，因河宽五丈，称"五丈河"。为维护好这条运道，加强对山东地区的控制，柴荣不断拓展五丈河的水源，河道运输能力日渐强化。山东各地的漕船、民船、商船可直达开封，河中舟楫遍布，沿岸商铺林立、货物山积。

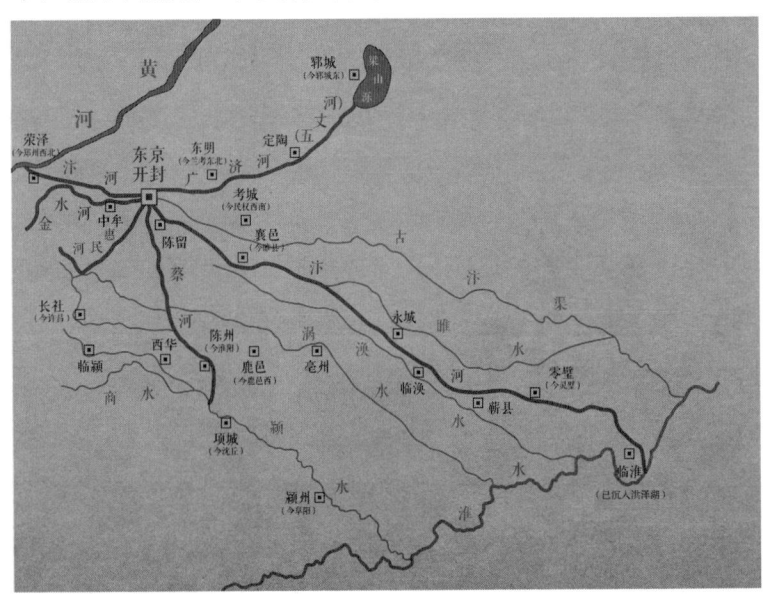

宋代漕运四渠示意图（聊城中国运河文化博物馆供图）

22

北宋立国第二年，宋太祖赵匡胤就派遣使者前往山东定陶勘查河道情形，发现淤塞严重，船只已不能通行。于是征发曹州、单州数万百姓疏浚运河，并命给事中刘载监督工程，对五丈河进行了全面整治。宋代五丈河上承汴水，自开封东流至山东济州合蔡镇（今山东郓城西南）入梁山泊，经定陶、菏泽后，下接济水，入渤海。五丈河通浚后，赵匡胤极为兴奋，不但对负责工程的官员进行了嘉奖，而且亲自到新水门观看放水入河。放眼观去，运河两岸人烟辐辏、商货云集，一派繁荣景象。运河中船只鳞次栉比，旗帜招展，南北商船、货船汇聚其中，各地山珍海味、奇珍异宝纷至沓来，使开封成为"八荒争凑，万国咸通"之地。面对如此盛景，赵匡胤不禁连声赞叹，并下令管河官员认真管理、维护五丈河，持久造福北宋王朝与沿河百姓。因五丈河以汴河、黄河作为水源，河道经常淤塞，北宋王朝便形成了固定的河道疏浚制度，不时征发沿岸百姓从事疏浚工程的建设，保障这一国家命脉。五丈河上有大量闸坝，用以节蓄水源，使船只顺利通过。熙宁九年（1076）对闸坝进行了维修，并按时启闭，以提高通航效率；元丰七年（1084），除持续疏浚河道外，还于五丈河沿岸设置水柜，为运河提供水源，并加固堤防，防止冲决。

宋代五丈河的通航，不但促进了京城开封至山东之间的水上交通运输，密切了商货、文化的交流，而且对分泄黄河洪水、减轻水患对沿岸区域社会的危害，起到了重要的作用。

5. 治理御河供边需

隋唐永济渠在宋朝以后通称"御河"，流经山东临清、德州等地，由山东入河北界。在战乱频仍时期，河上漕粮、物资运输非常频繁，御河也是军事征战的重要通道，因此宋朝对御河的治理非常重视。

唐朝末年藩镇割据、战乱不休，永济渠山东、河北段逐渐淤废。北宋建立后，不断强化对御河的治理，当时御河主要用于转运军饷，每年运输量在数万至数十万石之间。由开封转往河北对辽、金前线的军事物资先由汴河入黄河，顺河至黎阳（今河南鹤壁市浚县）上岸，然后经陆运至御河，再由御河转运至河北边防各地。宋仁宗嘉祐五年（1060），黄河决口于大名，形成北流与东流并行的局面，北流河道泛滥于大名、恩县、德州、沧州诸地，多次冲决御河，导致河道淤塞，至宋神宗时临清以南河段已不能通航。

元丰五年（1082），提举河北黄河堤防司官员称御河河道狭窄，堤防不固，不但不能用来运输漕粮，而且无法分泄黄河余水，因此漕粮运输只能由黄河进行。但黄河风浪巨大，稍有不慎，就会船覆人亡，这令宋神宗异常忧虑。他对负责漕运、河道的诸官说："黄河虽然可以运输，但完全受制于自然之力，运粮百姓、军丁经常溺亡，妻离子散、破家丧身，造成的损失太大了，令朕不安呀！"第二年，户部侍郎蹇周辅上疏言："北方战事异常紧急，黄河运输丧失漕粮太多，加上迁延时日，边境无法及时得到供给。必须疏浚御河，提高漕粮运输效率，同时可以给予商船、民船税收优惠，使其运输军事物资至边境，以增加军事作战的储备。"皇帝与大臣商议后，决定疏浚御河，发动河南、山东、河北沿河军丁、百姓数万人整理运道，捞挖淤泥、凿平高皋、加固堤防、建设闸坝。

北宋末年黄河东流，对山东、河北御河的威胁逐渐减弱，诸大臣纷纷提议重整御河，以通山东、河北之漕。不过数年后黄河再次北决，御河淤塞日益严重。宋徽宗崇宁元年（1102）天气久旱，御河水源枯竭，神宗令转运使侯临负责御河疏浚工程。他开临清坝子口，增修御河西堤，并于西堤修置斗门与闸座，使北京、恩州、冀州、沧州、永静军等处的自然河流、积水进入御河枯道。不过第二年黄河洪水涨入御河，导致御河决堤，淹没馆陶、大名等地百姓庐舍、田亩不计其数。北宋王朝别无他策，只能不断增修御河堤防。御河作为流经山东的运道，对促进山东交通网络、商货运输、文化交流的发展发挥了很大的作用。但御河经常被黄河冲决，疏浚工程不时进行，也给山东百姓造成了巨大负担。

（三）运河兴衰

1. 奥鲁赤开济州河

元朝定都大都（今北京），政治中心由长安、洛阳、开封等地北移。原先隋代开凿的运河不但道路遥远，而且历经战乱，淤塞不通。因此，元政府在海运漕粮的同时，在山东境内开挖了济州河、会通河、胶莱运河，力图形成纵贯南北的大运河与河海运道。济州河作为元代在山东境内开挖的第一条内陆运河，是对河海联运的尝试，为后世京杭大运河山东段的开通奠定了基础，具有重要的价值与意义。

济州河是至元十九年（1282）由兵部尚书奥鲁赤主持开凿的，全长一百五十余里，因河道以济州（今山东济宁）为中心，南接泗水，北至大清河，故称济州河。该河的开凿与元代早期的战争局势、经济状况、漕粮运输等因素密切相关。元初战乱不休，元攻灭南宋后统一全国，但当时的经济中心仍在江淮、江南地区。这些区域是全国重要的粮食、布匹、丝帛、杂货产地，而都城大都附近生产落后、经济萧条。面对国家定都燕京，离江南极其遥远，但军队、官吏、民众数量众多，必须仰赖江南供给漕粮的局面，元世祖忽必烈极为忧虑。他知道初入中原，即便拥有强大的军事力量，但如果得不到足够的粮食、物资供给，那么统治就会如同无源之水、无根之木，不会长久。为解决这一问题，忽必烈召集大臣进行商讨。有人说可以从陆路运输，虽然运量不高，但比较安全；有人说可以从海上运输，方便省力；还有人说可以通过长江、黄河输送漕粮，不必开挖运河，这样可以减轻国家负担。面对众说纷纭的局面，忽必烈决定采取河海联运的方式，这样既可以避免陆路运输的劳累，又可以最大限度地缩短漕船在大江大河中航行的距离。

元初江浙漕粮经长江入淮河，由黄河逆水至中滦（今河南封丘西南黄河北岸）旱站，然后经陆运至淇门入御河（今卫河），由御河运至大都。这样的运输方式不但路途遥远、道路曲折，而且每逢雨季，车辆陷入泥沼之中，更是寸步难行。而在长江、淮河、黄河中长时间航行又易遭遇风浪，导致漕粮漂流、军丁溺亡。至元十八年（1281）十二月，为实现漕粮直输大都，元世祖忽必烈命奥鲁赤、刘都水等人前往山东勘查河道地形，规划开河方案。在全面了解山东水道情况的基础上，奥鲁赤又听取当地官员、百姓建议，决定在第二年实施开河工程。至元十九年（1282）初，奥鲁赤征集沿河百姓、军丁数万人开凿运河。经过军民数月的奋战，八月运河开成，以济州为中心，北至安山，南至鲁桥，并设立都漕运司专门负责济州河漕运。济州河中间高、两边低，加上水源匮乏，为保障漕船航运，漕运副使马之贞又修建了大量的引水、蓄水、节水工程——他在兖州城东南泗水上修建了滚水石坝，约束泗水入济州河用以济运，称"金口坝"；又在宁阳县堽城建闸，拦水分流汶河至济州，以助运力。设置大量闸坝工程后，江淮而来的漕船，经长江入淮河，北上黄河、泗河，进入济州河。河中白帆点点、樯橹连云，两岸店铺林立、人声鼎沸，南来货物堆积如山，大量漕粮、商货从济州河北上入大清河，经大清河至利津入海。自海道至直沽（今天津），再从直沽经白河达京城，形成了河海联运的漕运路线。当时经济州河运输的漕粮数量达到了三十余万石，占元代漕粮运输总量的三分之一，对国计民生发挥了重要作用。济州河是元代在山东内陆开凿的第一条运河，通过其开凿积累了丰富的河工经验，为后世会通河的开凿及京杭大运河的贯通奠定了基础。而河海联运的尝试，对保障元代早期京城的供给也有着巨大意义。

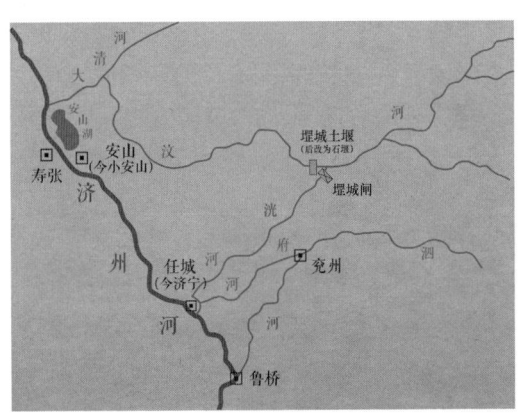

元代济州河示意图（聊城中国运河文化博物馆供图）

济州河开通后，使用时间不长，就产生了诸多难题。一方面因规划设计不合理导致南北水源分配不均。加上开挖规格较低，河道浅狭，深度不够，较大的船只难以通行，需不时疏浚、挑挖河道，甚至要征用沿岸大量民众拉纤，导致百姓负担沉重。另一方面大清河入海处泥沙淤垫非常严重，大量海浪携带的泥沙不断涌入河道，导致漕船难以出海。面对困境，元政府只能放弃河海联运举措，采用水陆联运的方法，漕船行至大清河北岸东阿后，漕粮再由陆运经茌平、临清至御河，经御河、白河入京。但逢夏秋雨季时，经陆运行至茌平低洼之地，道路崎岖、车辆难行，人民劳苦万状。在此情形下，沿济州河继续向北开挖连通御河，成为元政府迫在眉睫之事，会通河随之登上了历史的舞台。

2. 忽必烈赐名"会通河"

在山东开凿济州河、利用河海联运的设计失败后，忽必烈意识到河海联运、水陆联运均有其弊端，只有开凿贯通南北的内陆运河，才能彻底消除风浪之扰与陆运之苦，一劳永逸地解决江南漕粮入京问题。因此，沿济州河继续开凿北上的运河逐渐被提上了日程。

早在至元二十四年（1287），就有大臣建议沿济州河继续向北开挖运河。于是，忽必烈命都水监前往山东勘查河道形势，意图开凿贯通汶、泗两河的运道，以运送漕粮前往京师。第二年十月，右丞相桑哥向忽必烈建言："江南海运漕粮上百万石入京师，海道险要，经常倾覆船只，异常凶险。如开凿安山至临清的运河二百六十五里，那么收益就会非常多。虽然工程浩大，需用钞三万锭、米四万石、盐五万斤作为工费，但在工程竣工后，可以免除一万三千户的陆运粮夫，这些人的赋税折算成钞大约为两万八千锭，与开河费用大体相当。河道开通，又为万世之利，不但能为国家输送漕粮，而且可以转运商货。"听了桑哥的建议后，忽必烈已有了开凿会通河的打算，但并未立即动工。

至元二十六年（1289），山东寿张县县尹韩仲晖与太史院令史边源看到山东百姓常年靠陆路转运漕粮，甚至因此抛家舍业，致使田地荒芜。他们对百姓非常怜悯，于是相继上书忽必烈，称："山东百姓疲于漕粮运输，不但耽误了正常的农业生产，而且导致地方社会秩序不稳定，不利于国家的管理与控制。如开河置闸，引汶河达于御河，那么于公于私都是有利的。既满足了京城供给，又减轻了百姓负担，同时还便利了商货运输。"在诸人的建议下，忽必烈派遣漕运副使马之贞与边源前往安山至临清一带勘查地形，并命他们绘制图纸呈报。与群臣商讨后，忽必烈决定开凿会通河。于是命断事官忙速儿、礼部尚书张孔孙、兵部尚书李处巽负责开河事宜。并拨米四万石、盐五万斤、钱币一百五十万缗作为开河经费，征派山东沿河百姓三万人参加工程。开河工作于至元二十六年（1289）正月动工，六月即竣工，工期仅半年时间。工程之所以进展迅速，除与忽必烈决心较大、后勤供给及时、官员勤于监督有密切关系外，还与山东沿河百姓的辛勤付出密不可分。在开凿会通河前，山东百姓北上或南下即便有泗、卫、汶、济等水可以利用，但各河之间贯通性较差，航运功能有限，因此鲁西地区长期处于相对封闭的状态。同时因长期承担国家漕粮运输的任务，又加剧了百姓的苦难与压力。开凿会通河是件利国、利民的好事，得到了沿河百姓的支持。新开的运河南起安山，向北延伸至临清入御河，全长二百五十余里。为保障漕船顺利通行，沿河根据地形高低、水源多寡设置了三十一处闸座，以节蓄水源。会通河贯通后，张孔孙等人向忽必烈奏报："开魏博之渠，通江淮之运，古所未有"。忽必烈非常高兴，认为这条运河的开通意义重大，可以会通天下、容纳八方，于是赐名"会通河"。

会通河开通后，因与之前开凿的济州河连成一线，所以统称为会通河。通过这条河，江南漕粮从水路可直达京师，刺激了山东沿河市镇的崛起与商业的发展，影响区域社会达数百年之久。

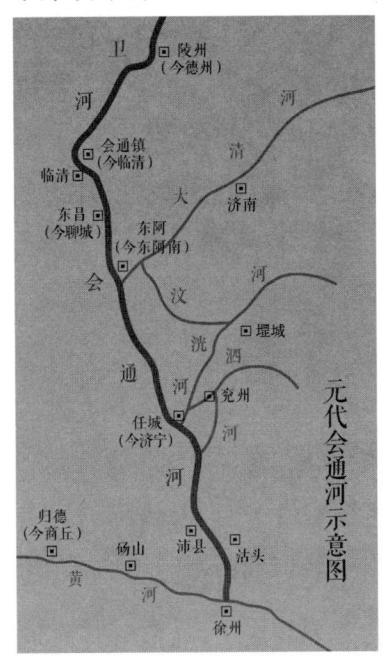

元代会通河示意图
（聊城中国运河文化博物馆供图）

3. 姚演开凿胶莱运河

在开凿济州河的同时，忽必烈还非常重视发展海运，他认为海运虽有风浪之险，但只要掌握好海道潮汐与季风规律，就可以大大减轻人力的消耗。但当时江淮漕船从江苏刘家港出发后，需绕道山东半岛登莱大洋，不但增加了漕船航行的时间，而且船只容易触礁沉没，造成的损失非常巨大。为解决这一难题，忽必烈想到了一个庞大而宏伟的工程，那就是凿穿山东半岛，贯通黄海与渤海。这样一来，漕船可从胶州湾经新开的运河直达莱州湾,由此航行至天津。就这样,胶莱运河的开凿逐渐从构想成为现实。这次运河开凿工程亘古未有,属中国古代海运史上的创举。

胶莱运河也称胶莱河、胶莱新河、胶东河,其开凿受到了莱州人姚演的启发。姚演担任中书省会计,对自己家乡莱州的地理状况、河道布局非常熟悉。他看到忽必烈为海道长途运粮而忧虑,便上疏建议开凿胶莱运河,以减轻海道运粮之险。至元十七年(1280),忽必烈任命姚演为开河总管、都元帅阿八赤为监督,动员青州、莱州等地军民数万人参加施工,发钞万锭,动用国库粮为民工口粮,并免除沿海各地一年赋税作为开河费用。经过一年多的施工,所开运河南起胶州湾陈村海口,绵延至莱州湾海仓口,全长近四百里,工程非常庞大。不过因工期过于紧张,加上施工难度较大,竣工后的胶莱运河并不顺畅。不但面临水源紧张的难题,而且河道频繁淤塞,闸坝建设也不健全,通航效率不高。胶莱运河分水岭工程的建设异常艰难,数百里运河的最高点在今平度姚家村附近,这一区域岩石遍布,开凿难度极大。开河期间很多民工逃役避工,虽然监督阿八赤严肃纪律,不畏寒暑巡视工地,自己也踏身泥沼之中参加劳动,但仍有畏难的士兵自伤双手,表示自己无法参加开河工作,其他民工也纷纷效仿。面对这种局面,阿八赤一方面安抚民工,一方面奏明枢密院与山东行省,斩杀畏难士兵以示惩戒,起到了震慑作用。

胶莱运河贯通后,漕船航行于狭窄、淤塞的河道中,几乎不能通行。不但处处搁浅,而且船只的运输量也受到很大限制,船工与水手只能拉船前行，叫苦连天。仅运输了两万石漕粮就耗费了九牛二虎之力，完全没有达到预期目标。为提高通航效率，元政府针对运河存在的缺陷进行了二期工程，一方面拓宽河道，确保能够通行大型船只，另一方面广泛搜罗沿线水源接济运河，将白沙河、潍河、大沽河等自然河道水源引入运河，增大了运河水量，使通航条件大为改善。经过改造提升后，胶莱运河年运输量最高达到六十万石，运粮水手、军人有两万人，船只上千艘，运输量远超海运的十万石与济州河的三十万石，对于保障大都的供给起到了重要作用。

不过，历时数年开凿而成的胶莱运河使用不久就很快罢废，实践证明，这条运河并不适合运输漕粮。首先，胶莱运河水少河浅，沿河土质疏松，流沙经常坍塌于河中，导致河底不断淤高，漕船航行困难。其次，流沙之下为坚硬的冈岩，施工难度极大，河道难以挖深，如若完全疏浚，需耗费数百万金钱，用时六七年。再次，元廷之中充斥着反对开凿胶莱运河的声音，如京杭运河派认为只要好好治理内陆运河，运粮数量就会慢慢提升，开凿胶莱运河徒耗民力，于国于民都是有害的。随着反对声音的不断增多，最终这些势力占了上风。最后，胶莱运河两端为海洋，海水经常倒灌，大量泥沙、岩石涌入河道之中，导致漕船无法由海洋进入运河，加上沿岸礁石遍布，船只经常损坏甚至倾覆。尽管胶莱运河存在种种缺陷，使用时间也不长，但开凿横贯山东半岛的人工运河，仍是人类水利史上的伟大奇迹。这充分体现了中国古代劳动人民的伟大智慧与创新精神，具有重要的意义。

4. 宋礼疏浚会通河

元末明初，山东会通河已废毁不堪，基本不能发挥作用。加之明初定都南京，长江、江南运河畅行无阻，江苏、浙江、湖南、湖北等地的漕粮、物资可以顺利抵达南京，因此对会通河的治理很不重视。靖难之役后，燕王朱棣夺取政权，他意识到南京有大批朱允炆的支持者，自己统治根基不稳，加上北部边防时刻面临元朝残余势力的侵扰，因此迁都北平（今北京）显得尤为必要。

为加快北平的建设，将大量木材、砖瓦等建筑材料运往京城，并将漕粮输往北部边防，朱棣着手进行会通河疏浚工程。他对群臣说："我准备迁都北平，但京城建设需要大量物料，如果通过陆路运输，不但长途跋涉，而且耗费民力，会通河作为前元开凿的南北运河，如果重新加以疏浚使其畅通，会远比陆路运输便利。"

就在朱棣打算疏浚会通河又害怕增加民众负担时，永乐九年（1411）二月，济宁州同知潘叔正上言称："会通河河道长四百五十余里，真正淤塞不能通航的约占三分之一，如果加以疏浚，不但可免除山东民众陆路转运漕粮的苦累，而且对国家来说也是无穷之利。"潘叔正的建议坚定了朱棣的决心，于是派遣工部尚书宋礼前往山东勘查河道地形。宋礼到了山东后，遍访当地民众，并亲自乘船前往会通河及相关自然河道。无论是浅淤之处，还是无水之处，都详细记录并绘图，以备日后施工。通过仔细调查，宋礼掌握了会通河的详细状况。他向朱棣汇报："会通河疏浚非常便利，如今天气晴朗，应该尽快开工。"于是朱棣命宋礼和刑部侍郎金纯、都督周长共同负责开河事宜，征发山东及南直隶徐州、应天、镇江民众三十万人从事浚河工作。

宋礼虽为工部尚书，但并非水利专家，对会通河如何分流、如何设置闸坝并不了解，因此异常苦闷。他虽每天监督工程进展并废寝忘食地工作，但对能否让会通河完全恢复航运没有完全的把握。在听取潘叔正等人建议的基础上，宋礼沿袭元朝的分运策略，重新修复宁阳堽城坝，分汶河水至济宁，在济宁南北分流，使其向北流入御河，向南流入泗水。除此之外，宋礼还修复了元代所置闸座控制水流，严格闸座启闭，保障漕船顺利航行。至永乐九年（1411）六月，仅仅四个月，会通河疏浚工作基本完成，朱棣非常高兴，对宋礼、潘叔正等浚河官员予以嘉奖，表彰他们所做出的贡献。但宋礼的疏浚工作多是在元代旧河道的基础上亦步亦趋进行的，他没有意识到运河的最高点不在济宁，因此南北水源不均，漕船航行困难。特别是会通河北段济宁至临清段，河道较浅，漕船几乎寸步难行。面对困境，宋礼忧心忡忡，他不希望这耗费了国家巨大财力的工程毁于一旦，于是寻求治河专家，希望得到解决的良策。他听说汶上县有一个善于治水的白英，不但精于水利与河工，而且很有威望，颇受当地人拥戴。于是他礼贤下士，以工部尚书之尊前往白英家中求教。白英对于宋礼的到来非常感动，他说："南旺这个地方是会通河的最高点，应该于南旺分水，而非济宁。

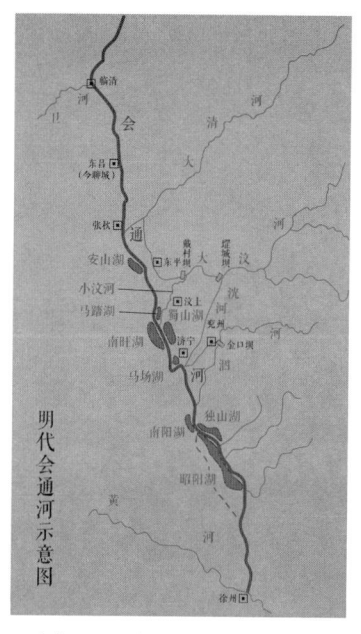

明代会通河示意图
（聊城中国运河文化博物馆供图）

要引导大汶河流向南旺，而非向南流入洸河、向北流入坎河。在南旺分水，那么即便是大型船只，也能在会通河里顺利航行。"

宋礼非常信服白英，于是邀请他协助自己治河。白英鞠躬尽瘁、尽职尽责，无论白天还是黑夜，整日奔波于河工现场，几乎没有休息的时间。他先在大汶河上筑戴村坝，分流汶河水至南旺，增加南旺水量。接着建立南旺分水枢纽，使汶水南北分流，南旺成为京杭大运河的水脊。白英还意识到会通河水源匮乏，单纯依靠汶、泗等河无法满足水量要求，于是设置数十座闸座，用以调控水源、含蓄水量。经过宋礼与白英的合力治理，会通河大为畅通，每年有漕粮四百余万石通过会通河源源北上京师，大大满足了京城供给。

会通河的顺利通航，为明政府消除了后顾之忧，京杭大运河成为关系国计民生的主要通道。宋礼和白英殚精竭虑、为国为民的精神受到了后人的敬仰与赞颂，受益最大的山东民众对两人尤为尊崇，在南旺建立宋礼祠、白英祠，代代祭祀。

5. 农民水利家白英

白英是中国历史上著名的水利专家，他出生于明代山东汶上县一户贫困农家，自幼就喜欢钻研河工、水利诸事。每到洪涝、干旱季节，他就率领当地百姓开挖沟渠泄水或引水，保障当地丰收，也积累了丰富的治水经验。

白英成年后，正是京杭大运河由荒废转向振兴的时代，因为水利知识丰富，他被官府任命为"老人"，成为十余名治河民夫的首领。为了解运河沿岸的地形地势，白英不畏劳苦，将与运河相关的大小河川、湖泊沼泽都进行了考察，做到了了如指掌。永乐九年（1411），工部尚书宋礼奉朱棣之命前往山东疏浚会通河，宋礼虽对会通河进行了考察，但不熟悉当地水利情况，因此十余万劳工奋战数月后，河道依然未通。耗费如此巨大的民力、物力而徒劳无功，令宋礼非常忧虑。他一方面恐惧朱棣怪罪自己没有完成使命，另一方面想到十数万开河百姓辛苦数月来的努力，如果半途而废，留下骂名是小事，自己更将无颜面对百姓。

正在宋礼心急如焚之际，有人告诉他：附近汶上县有一个名叫白英的人，非常善于治河，可以命人把他叫来，听一下他的看法。这令宋礼眼前一亮，他说："我亲自去探访一下，看看他到底有没有真才实学。"于是宋礼穿上土布衣服，装扮成一个乡村书生，前往白英家中求教。途中，他看到河边有一个手执畚锸的中年农夫喃喃自语，一副若有所思的样子。宋礼非常好奇，上前询问农夫在做什么。农夫哈哈大笑，说："我看这条河水源充沛，地势又高，可作为运河的补水河。"宋礼大吃一惊，想不到一个乡野农夫竟有如此高深的水利知识，于是忙问其姓名，农夫答道："我姓白名英，世代居住汶上县，已经在这里生活了数十年，对这里的河道形势比较了解。"原来这就是自己要找的人！宋礼欣喜若狂，心想：真是踏破铁鞋无觅处，得来全不费工夫！于是他不动声色，说："朝廷派人来疏浚会通河，但不得要领，耗费了大量民力，运河依然未通，怎样做才能使运河造福国家与百姓呢？"白英答道："不熟悉河道却枉费财力，就像是把珍珠投进泥坑，把碧玉置于暗夜，不但不能发挥物力的用处，而且是一种浪费。元末以来黄河不断侵淤运河，河道形势已经发生了很大变化，治河方法应该有所变通。可以以汶河为水源，引水至地势最高的南旺镇，然后修筑湖泊存水、设置闸坝分水，从南旺南北分流，北至临清入汶河，南至济宁入淮泗。"听了白英的建议，宋礼恍然大悟，他恭敬地邀请白英辅助自己，白英也为宋礼礼贤下士、为国为民的精神所感动，于是答应追随宋礼治水。

为使大运河造福国家与山东百姓，白英废寝忘食、栉风沐雨，整日奔波于河工现场。经过数年的努力，戴村坝引水工程、引泉济运工程、南旺分水工程、湖泊蓄水工程相继完工。当看到浩浩荡荡的大运河水流不断、船只往来不绝时，白英欣慰地笑了，感到自己满身的病痛换来了今日的硕果，非常值得。南旺分水工程以其科技含量之高、发挥作用之大、影响之深远，在世界水利史上都举足轻重，堪称大运河上的奇观。

会通河畅通后，永乐皇帝异常高兴，命白英入京领赏。行至德州桑园镇（今属河北）时，因长期奔波、积劳成疾，白英吐血而亡。临死之前他回望南旺、回望家乡，想到的不是自己的生死，而是这条令自己魂牵梦萦的大运河。白英死后，后世并没有忘记他的贡献。明清两朝建祠于南旺，封其为"功漕神""永济神"，汶上百姓更是世世代代传颂他的功绩。他一心为民、甘于奉献的精神历久弥新。

6. 朱衡开南阳新河

明前期，黄河屡次冲断张秋运道，明廷多次派重臣治理。经徐有贞、刘大夏等人的大规模整治后，黄河北犯运道的现象有所减少，但黄河善淤、善徙、善决的特性未变，它像一条桀骜不驯的巨龙，又不断南犯，不断冲决山东南部运道，阻塞漕船、淤垫运河、淹没附近的农田庐舍，对国家漕运的正常运转形成了巨大威胁。

山东济宁至江苏徐州运河经南阳、谷亭等地，循南阳湖、昭阳湖西岸，下至徐州入黄河。当初为节省工程经费与人力，有相当长的河道借湖行运、借黄行运。漕船在湖泊、黄河中航行时，每遇狂风巨浪，漕运兵丁就战战兢兢，如履薄冰。稍有不慎，随时可能船毁人亡，造成的损失非常巨大。而黄河徐州洪、吕梁洪两处险段河底礁石遍布、石柱林立，每逢水浅时，船只频繁触礁，导致大量漕粮漂流。同时黄河不断冲决湖西运道，运河断航的局面不时出现，严重耽误了京城供给。嘉靖五年（1526）黄河夺运，洪水入昭阳湖，第二年又淤塞运道，漕船不能行进。负责河道治理的工部侍郎章拯以失职罪论处，盛应期临危受命，任总理河道，主持治河。面对黄河泛滥成灾、运河屡断的局面，朝臣众说纷纭。有人建议应行海运，可免黄河冲决之困；有人主张应陆运漕粮至北京，可省河道修防费用。不过当时左都御史胡世宁等人坚持主张修治运河，指出："运道如要畅通，应该在昭阳湖以东的滕县、沛县、鱼台、邹县一带另外开凿一条运河。这一区域地势较高，且在湖东，因此可以免除黄河冲淤。新开运河北接沙河，南接留城，长百余里。加厚运河西岸堤坝作为昭阳等湖的屏障，令黄河水不能漫入运河，而使昭阳等湖作为容纳黄河洪水之区，这是治河的上策。"吸纳胡世宁等人意见后，盛应期决心开凿新运河，并雇募夫役、筹集经费。但开河工程进展到一半，遇到天气干旱，运河无水源可用。朝中反对派趁机攻击盛应期，称其耗费民力、不惜国财，欺君害民、罪大恶极，结果新河的开凿工程半途而废，盛应期也被撤职查办。

盛应期开凿新河三十余年后，嘉靖四十四年（1505）黄河决口于沛县，漫淹昭阳湖，汪洋一片。运河淤塞上百里，漕船不能北上，运道断绝。嘉靖皇帝命朱衡为工部尚书兼理河漕事，潘季驯为佥都御史总理河道，协助治河。朱衡前往黄河决运处，发现运河已被淤为平地，几乎无法疏浚。而当年盛应期开凿的新河地势较高，没有受到黄河影响，因此朱衡打算放弃旧运道，继续开凿盛应期的新运道。但这一想法被潘季驯反对，潘季驯坚持恢复旧道。两人的治河观点发生了冲突，同时向明廷奏报自己的意见，嘉靖皇帝也无法决断，又命工科给事中何起鸣前往勘查。何起鸣前往山东、江苏后，发现旧运河已难以使用，而盛应期开凿的新河黄河难以侵入，如继续开挖，可以便利漕运。收到何起鸣的奏复后，明廷经过商讨，决定继续开凿新河。朱衡组织了沿河九万名民众参与施工，并亲自监督工程进展，罢免懈怠的官员，惩

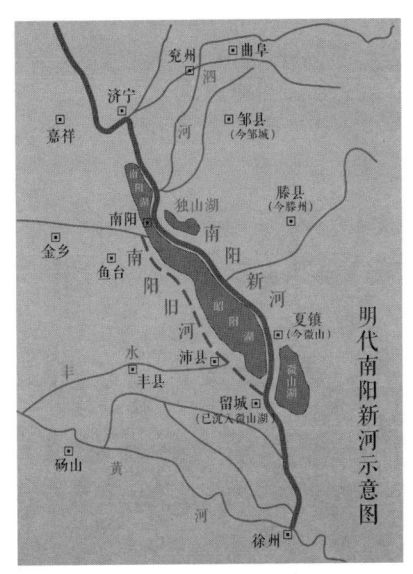

明代南阳新河示意图
（聊城中国运河文化博物馆供图）

治不努力工作的士卒与民工。朱衡因严厉得罪了诸多河工，给事中郑钦也弹劾朱衡，称其"兴难成之役，虐民幸功"。但当时嘉靖皇帝刚好去世，隆庆帝即位，无暇顾及朱衡，因此新河工程得以继续进行。数月后，新河竣工，位于昭阳湖东岸，与湖西的旧运河相隔三十余里，自留城（今山东微山县境内）而北，经山东夏镇与杨庄七闸，至南阳镇南阳闸接运河旧道，全长一百四十余里，称"南阳新河"或"夏镇新河"。

南阳新河开运后，不但减少了黄河对运河的侵扰，而且加快了南方商货、物资向山东的运输，促进了夏镇、南阳等地的崛起，直到今天依然有着重要的航运与生态价值。

7. 开凿泇河避黄河

泇河是明朝万历年间开凿的北自山东留城、南经台儿庄至江苏邳州的运河,其开凿目的是"尽避黄河之险"。这段运河全长二百五十余里,因其水源主要靠山东峄县(今山东枣庄峄城区)境内的东、西两条泇河供给,故又称"泇运河"。泇运河的开凿大费周张,从规划到开成历经数十年,耗费了数任总理河道的心血。泇运河开凿成功后,山东运河受黄河侵袭的频率大为降低。

南阳新河开通后,南来北往的漕运船只航行的安全性大增,但留城以南河道依然借黄行运,沉溺、漂流的现象不时发生。隆庆年间,黄河又频繁决口于沛县,运河淤塞,时任总理河道的翁大立提出开凿泇河以避黄河的建议。明廷对翁大立的建议非常重视,进行了廷议讨论,但正逢旧运河畅通,讨论无果而终。数年后,明神宗万历初年,徐州上下黄河连年决口,运河淤垫日益严重,国家粮仓空虚,京城供给紧张。新任总理河道傅希挚要求重开泇河,以避黄河之险,他称:"现在借黄行运,强制约束黄河作为运道,即便是大禹再生也不能治理。只有开凿泇河,摆脱黄河限制,才能一劳永逸,保障运道安澜。"为了解开凿条件,傅希挚派遣河工前往泇河附近调查地形地势、水源情况,并绘制图纸,进行了科学而充分的论证。傅希挚的建议得到了首辅张居正的支持,他极力向明廷建议开凿泇河,但该建议在廷议时又因耗费过大和党派之争而被搁置。

十余年后，黄河屡决，泛滥成灾，不但运道淤阻，而且沿岸田地、庐舍损毁殆尽。万历二十一年（1593），总理河道舒应龙开凿韩庄新河，连通泇河与彭河，以排泄微山、南阳、昭阳诸湖积水，这条运河后来成为泇运河的上游河道。五年后，继任总理河道刘东星在疏浚、拓宽韩庄新河的基础上进一步开挖，当时留城、台庄（今山东枣庄台儿庄）等地岩石遍布、开凿艰难，刘东星费尽心思推进工程。他命人将石头烧热，浇灌冷醋，以使石头崩裂，然后开凿。民工日夜劳作，加上刘东星废寝忘食、时时监督，终于将运河开凿至泇河口。河道虽通，但深度不够，水源匮乏，难以浮送漕船，这令刘东星大为苦闷。他不畏寒暑，乘车坐船，心力憔悴地寻找水源。正待他准备大干一场，继续深凿运河时，却积劳成疾，病死于河工现场，泇河未通也成为他一生的遗憾。四年后，李化龙任总河侍郎，他继承刘东星未竟之业大开泇河，自直河（位于江苏邳州骆马湖西侧）至李家港（位于山东微山县夏镇附近），全长二百五十余里，使山东运道完全避开了黄河。后任总河曹时聘又在泇河上筑堤、修坝、置闸，完善水工设施，使泇河完全畅通。南来漕船可由泇河进入山东，入韩庄新河与南阳新河，再从会通河入卫河，航运条件大为改善，安全性提高。

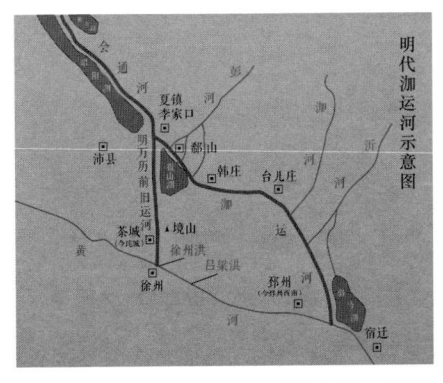

明代泇运河示意图
（聊城中国运河文化博物馆供图）

洳河开凿时间持续长达三十余年，其中功劳最大者为刘东星与李化龙。刘东星开凿了难度最大的山东留城至台庄河段，而李化龙使洳河大通，每年过往船只达到了八千余艘，运输量达四百余万石。正如李化龙所言："洳河畅通后，运河不借黄河之水，不必再担心淤塞。另外河道缩短，漕船航行效率提高。再就是黄河通行需要等待时机，而洳河为人工开凿，船只往来畅通无阻。"开凿洳河留下了万世之利，不但提高了船只航行的效率与安全性，而且促进了台儿庄等市镇的发展与崛起，使南方商货源源不断地输往山东。直到今天，洳运河依然是贯通鲁南与苏北的重要运道，承载着重要的交通与航运功能。

8. 王献开凿马濠运河

元代开凿胶莱运河功败垂成，国家漕粮一直由京杭大运河运输，但黄河侵淤运道的情况不断发生，漕船受阻。明正统、嘉靖年间，屡次有大臣上书请求皇帝重开胶莱运河，其中最有成就者为山东按察司副使王献，他在胶莱运河变迁史上留下了不可磨灭的印迹。

早在正统初年，山东昌邑县民王坦就向朝廷上言："昌邑境内有元代所修胶莱旧河直通掖县，应该加以疏浚，从掖县浮海可以抵达直沽，船只航行可以避开东北海险数千里，比漕河运粮更近也更便捷。"王坦作为胶莱运河河畔的民众，对运河有着较深的了解，因此直言明廷，希望重浚胶莱运河。但当时京杭大运河尚为通畅，受黄河影响较小，因此明廷没有采纳其意见。近百年后的嘉靖十一年（1532），面对黄河不断淤塞运河的局面，山东巡按御史方远宜上奏朝廷称："黄河决运，漕船受阻，国家积蓄难以维持。可以疏浚故元开凿的胶莱运河，从海道运粮，这样不但便利迅速，而且可以减少国家财政在河工方面的耗费。"明廷派大臣前往考察，发现"马家墩数里皆石冈"，开凿艰难，不但耗资巨大，而且耽误百姓正常的农业生产，因此方远宜的建议也被搁置。

数年后，京杭运河日益淤塞，明廷打算恢复海运，于是派遣山东按察司副使王献前往胶州，负责胶莱运河河段最艰难的马濠运河工程。王献到了胶州后，发现马濠是胶州湾进入南胶莱河的咽喉要地，但该段地势高、岩石遍布，针锥难入，开凿起来非常困难。面对困境，王献没有退缩，而是鼓励民工奋力开凿。开始时表面土石各一半，尚能开挖，再往下则全为岩石，硬如铜铁。他堆积干柴于顽石之上，用火将石头烧热后浇灌凉水，等到顽石炸裂再进行开凿。仅用三个月时间，就开凿了长十四里、宽六丈、深三丈的马濠运河。从江淮来的漕船可以避开沿海的悬崖峭壁，直达胶莱运河南段的塔埠头港。马濠运河开通后，海水涌入，各地船只云集，两岸百姓扶老携幼前来观看。河道之中舳舻相接，往来不断，粮食、布匹、鱼盐等货物聚集，贸易繁荣，远近获利。当地百姓不但可以将自己生产的粮食与土布卖给江淮商人，而且当地从事商业、手工业的人数也迅速增长，促进了本地经济的发展与市场的繁荣。

马濠工程结束后，王献一鼓作气，又疏浚了胶莱运河的其他河段。面对河道水源匮乏的局面，他往来于运河沿线各地寻找济运河道，将张鲁河、白沙河等引入运河；沿河修建了海仓口、新河、玉皇庙、周家、吴家口等九闸，以节蓄水源，浮送漕船；同时设置衙署负责河防管理、运道疏浚诸事务。但姚家村附近的分水岭工程有三十里过于艰难，始终无法彻底贯通，船只需要拉纤而过；同时河道浅淤，经常触底，易损毁漕船，其他河段则畅通无阻。胶莱运河使用十余年后，因为水源匮乏、通航艰难，运输的货物大量中途积压，逐渐不能通航。有大臣建言拓展运河水源，疏浚淤塞的百余里河道，明廷派官员前往勘查，发现工程需要耗费巨额钱款，因此没有实施。随着胶莱运河的罢废，相关管理机构被裁撤，大量闸座因缺乏维护，也逐渐废毁。但明代王献重开胶莱运河，是一次伟大的河海联运的尝试，无论是对海洋的探索，还是对山东沿海地区的开发，都产生了巨大而深远的影响。

9. 张伯行治河济宁

张伯行被康熙帝誉为"天下第一清官"，他祖籍河南仪封（今河南兰考），出生于富贵家庭，从小就不愁吃穿。但他生性耿直，从来没有纨绔子弟的习气。张伯行喜欢读书，关心贫苦民众，有着强烈的正义感与责任感。一生历任山东济宁道、江苏按察使、福建巡抚、江苏巡抚、礼部尚书等职，无论担任何官职都刚正不阿、清正廉明，备受百姓爱戴。死后朝廷追赠其为太子太保，谥清恪，从祀文庙。

康熙四十二年（1703），张伯行因治水功绩卓著被升为济宁道。济宁作为河道总督衙门驻地及山东闸河枢纽，境内河务异常繁杂，而张伯行所面临的还不仅仅这一难题。初至济宁，张伯行准备大展拳脚，做出一番成绩以利国为民，但是沿途看到的景象令他陷入了苦闷——原来这一年济宁遭遇饥荒，百姓流离失所、饿殍遍地，原先为运河沿岸著名商埠与码头的济宁店铺倒闭、斗米千金，百姓面黄肌瘦、卖儿卖女，很多人饿死而无人收尸，幸存者多沦为流民，乞讨他乡。面对这种悲惨的局面，张伯行一面将朝廷拨发的四万石漕米用于救灾，一面从家乡运来自家粮食无偿赈济民众，并命人缝制棉衣让灾民御寒。有人对他说："千里做官只为财，你在济宁为官几年后就走了，这里的灾荒与你有什么关系？你睁一眼闭一只眼就得了，何必耗费自己的家财。"面对这种劝说，张伯行非常生气，他反驳道："为官一任，造福一方。我有责任让济宁百姓生存下去，否则良心不安。我即便家积万金，也只是富裕了自己的家庭与子女，却会愧对百姓，令天下人唾骂。人生百年，青史留名是留给后代最大的财富，济宁百姓的一句'清官'，比千万两黄金更重。"

但几万石粮食对于不计其数的灾民而言无异于杯水车薪，面对啼饥号寒的灾民，张伯行流下了眼泪，他怜悯百姓，更痛恨自己的无能为力。在绝境中，他开放了辖区所有粮仓，把剩余粮食全部用于赈灾。汶上、阳谷等受灾最严重的区域灾情得以缓解，百姓对张伯行感恩戴德，呼其为"张青天"。但私自放粮违反了朝廷的规定，招致其上司山东布政使的怨恨。他害怕张伯行连累自己，就以"贪图虚名"的罪行弹劾张伯行，并对张伯行说："你一个小小的济宁道，竟敢私放国家仓粮，该当何罪！灾民的性命与你何干，你干好自己的工作就可以了。"张伯行听了非常生气，他气愤地说："这么多灾民，不开仓放粮，我看不下去。任凭百姓死亡而不救助，眼睁睁地看着他们步入绝境，这不是一个读书人、一个官员应该做的。如果因为放粮而获罪，那么我就告老还乡，不再为官。你们以后可以以我为戒，把粮食看得比自己的命还重，把百姓的性命看得比鸿毛还轻，任凭饿殍遍野而无动于衷，那样就能保住官职、步步高升了。"面对义正词严的张伯行，山东布政使虽满肚子怨恨，但被反驳得哑口无言，只能停止弹劾，而济宁百姓对张伯行交口称赞。

张伯行在济宁不但得罪了上司，而且也引起了下属的不满。济宁道的重要职责为管理山东运河，负责河防抢修与河弊惩治诸事。清代河工多国家大蠹，河工群体里充斥着大量腐败分子，还有诸多利益勾结。国家每年拨放的数百万治河银两，只有少部分用于治河，其余多被瓜分。济宁道下属官员众多，河兵、夫役更是不计其数，部分蠹吏巧立名目、报销河款，将贪腐银两用于日常的吃喝接待或补贴家用。张伯行对此十分愤恨，不但将公款上交府库，而且惩治了贪腐官员。再就是以前河官多尸位素餐，整天坐于衙署之中，从不前往河工现场及督催漕船，对河工更是一窍不通。张伯行改变旧规，不但自己亲赴工地参加劳动，而且要求所有河官身体力行，必须在河工现场办公，及时解决出现的问题，济宁河政官场风气焕然一新。

处理好赈灾事务及河工积弊后，张伯行决定对山东运河进行勘查，了解实际情形，以提高河道的通航效率。他带领几个兵丁，乘船自济宁北上德州，南下台儿庄，调查了解每一座闸坝、每一处堤防的现状，损坏的予以修缮，废毁的立即更置。康熙帝对张伯行的治河能力表示肯定，认为他修筑的河堤坚固、设施齐全，可以作为河工标准，而张伯行本人也成为清代著名的治河专家。为保障南旺最高点水源充足，张伯行还通过闸座合理调配附近湖泊、水柜水源，根据运河南北水源的实际情况放水，从而使各类船只航行速度加快，漕船按时抵京的概率提升。

张伯行在济宁两年多，对山东运河了如指掌，为使自己掌握的治河经验流传后世，他写成了《居济一得》一书。该书包含丰富的水利知识、河工技巧，堪称中国水利史上的杰作。康熙四十五年（1706），张伯行升任江苏按察使，济宁百姓立祠感戴他的功绩。

10. 丁宝桢治理黄运两河

清咸丰五年（1855），黄河在河南铜瓦厢决口后，洪水分为三股向东北流去，这是黄河历史上第六次大改道。三股洪水在山东聊城张秋镇运河附近汇为一股，冲决运河，夺大清河从山东利津入海。随着黄河不断泛滥、漫淹，山东运河逐渐淤塞而不能通航。传统漕运衰落，国家对运河的管理也日渐懈怠。而黄河决口频繁发生于山东黄运区域，带来了巨大的灾难。清同治、光绪年间，山东巡抚丁宝桢勇于承担责任，他修官堤、筑民埝、开月河、赈百姓，对黄运两河进行了统筹治理，在一定程度上保障了沿河民生与区域社会秩序的稳定。

铜瓦厢决口后，面对山东黄运两河沿岸堤防破损、洪水泛滥、百姓流离失所的局面，丁宝桢非常痛心。他询问鲁西逃难的民众为什么要离开家乡，灾民说："黄河、运河连年溃决，种植的庄稼颗粒无收，加上战乱不停，老百姓只有背井离乡才能活命，留在家里不是淹死，就是饿死，没有其他活路。"听到百姓的哭诉，丁宝桢感叹道："我在山东为官，境内百姓流离失所，这是我的责任呀！我一定要治理好黄河、运河，让大家都回到家乡过上安稳的日子。"他首先修筑了张秋镇以下被黄河冲毁的民埝，北岸自张秋至利津长八百余里，南岸自齐东至利津长三百余里，两岸民埝全长一千余里，有力防范了黄河的决溢，保护了沿岸民田庐舍。施工期间，丁宝桢亲自驻扎工地监督，保障工程质量，并命属下在工地劳动，确保堤防牢固。

　　同治十年（1871），黄河决口于山东郓城侯家林，洪水下注，郓城、汶上、嘉祥、济宁等地沦为泽国，沿河田地、庐舍几乎全被淹没，溺死百姓、牲畜不计其数。运河水柜南阳诸湖被黄水泥沙淤废，湖水外溢，又添灾难。当时正在因病休假的丁宝桢听到消息后，不顾自身安危，立即返回济南主持堵口赈灾工作。随从人员劝告他："还是身体要紧，等病好了再回山东不迟，现在如果过于劳累，很可能您的身体吃不消。"但丁宝桢斩钉截铁地说："我晚回去一天，山东百姓就受难一天，只要能够平息洪水，堵塞决口，就算是病死了也是为国为民而死，青史留名比苟延残喘更令我欣慰。"回到济南后，他一面奏报朝廷，将曹州、济宁、兖州等地运往北京的漕粮截留，用以赈济灾民，另一方面制定堵河方案。在征求诸多河工官员的意见后，丁宝桢发动山东运河、黄河沿线十五州县民众、河兵、军丁数万人开展堵口工程。为在汛期到来前完成合龙，丁宝桢昼夜坚守在河岸，与参加劳动的夫役同吃同住，丝毫不敢懈怠；兵丁、民众见到巡抚如此，也奋勇争先，团结一致，努力加快工程进度。丁宝桢先在决口处下埽，然后将大船装满石头，固定在埽上，以抵挡猛烈的流水；再以粗麻袋结网，在上面铺垫秸秆与土，层层沉入水中；当决口完全堵塞后，再用土石加固。大家的齐心协力，堵口工程不到两个月就完成了。丁宝桢主持的侯家林堵口工程，是清代由山东巡抚而非河道衙门负责的大规模堵口工程，体现了丁宝桢突出的治河能力。

同治十二年（1873），黄河又决口于山东东明石庄户，洪流南下，山东、江苏、安徽数省受灾。运河完全被淤断，两岸堤防也被冲刷殆尽，不能通行，受灾百姓不下百万，流民载道，饿殍遍地，一片凄惨景象。正在老家贵州祭祖的丁宝桢挂念灾区百姓，日夜兼程返回山东。路上他发现运河沿线的宿迁、济宁等处洪水泛滥成灾，很多衙署、房屋沉于水底，湖泊连成一片，长达数百里，百姓只能暂栖树木之上，叫苦连天。看到这样的惨状，他辗转难眠，对属僚说："看到数百里运河被淤废，千百万百姓居无定所，我作为巡抚内心难以安宁呀！这次决口如果堵不住，危害很大，绝不能因循懈怠，否则我上愧对朝廷，下无颜面对百姓。"丁宝桢亲自赶往石庄户决口处，了解该地的地理地势，并征调民工、筹集物料，修复两岸堤工。经过四个月的辛苦劳作，方将决口堵闭，洪水逐渐消除，流离在外的百姓也回到家乡。

光绪元年（1875）正月初一，还没有过完年，丁宝桢就马不停蹄地赶往菏泽贾庄黄河决口处。贾庄决口为石庄户决口所导致，已一年有余，堵筑难度非常之大。丁宝桢调集附近州县民夫，并命令官员严阵以待。面对钱款匮乏的局面，丁宝桢并没有将负担转移给百姓，而且在官府出资的基础上，鼓励绅商捐纳，只用了两个多月就将决口完全堵闭。为使黄河减少决口，丁宝桢又修筑了著名的障东堤，使菏泽贾庄向下至东平十里堡、向上至东明谢家庄等处的民田庐舍得以保全。丁宝桢在山东多次治理黄运两河，他勤政爱民、节约资费、爱惜民力，保障了区域社会秩序的稳定，而他治理黄河的经验，更是为后世留下的宝贵财富。

11. 运河余晖陶城埠

黄河铜瓦厢决口后，山东张秋运道被冲，漕运中断，黄河夺大清河入海。面对漕船不能顺利北上的困局，光绪初年，清政府在山东开凿陶城埠运河，并在黄河、运河交汇处设置闸坝，以便船只出入。但黄河不断淤塞新运道，每年的挑浚工程异常艰难，漕船在陶城埠迁延日久，运输量不断下降，江北漕粮只有十余万石能够运往北京。至光绪末年已不能使用，传统漕运趋向终结。

光绪元年（1875），运河穿黄河大溜分为两段，黄河分别冲决东平戴庙十里堡与张秋八里庙运河堤防，导致八里庙漕船入运河口门处不断淤垫，船只无法通行。每当黄河泛涨时，口门处波涛汹涌，暗流涌动，船员们胆战心惊，只能相互提醒，齐心协力渡过口门，稍有不慎就会被黄河大浪卷走，船毁人亡。而黄河无水时，船只又无法进入运河，只能等待汛期到来。船只经常在八里庙一带长期耽搁，耗费时日，过往船员怨声载道。

光绪六年（1880），黄河又决于孙家码头，正溜趋十里堡、八里庙、沙湾一带淤为平地，漕船无法入运河。清廷命东昌府知府程绳武勘查黄河入运处情况，经过实地调查后，他称："史家桥下游的陶城埠南岸正对着史家桥，北至阿城闸，如果开凿运河的话长约十二里，沿途地势平坦，并且没有村庄、房屋与坟墓。运河开挖成功后，将来漕船自南而来，由十里堡闸入黄河，顺流至陶城埠，可直接到阿城镇没有淤塞的运河。而且陶城埠为众水汇归之地，船只一到就可以启开大坝进入运河，既可以免除史家桥牵挽漕船的劳累，又可以躲避八里庙淤塞之患，对于漕运大有好处。开凿此河大约只需要用银二万一千六百余两，用费不多。"第二年山东巡抚周恒祺也奏请在陶城埠开挖新河，他上奏光绪帝："咸丰五年以来，黄河北流，运道断绝，来往漕运水手视张秋运道为畏途，黄河大浪覆船漂粮。不如开辟陶城埠新运河，既可避开张秋淤塞河段，同时还能借黄行运，一举两得。"

陶城埠古船闸遗址（郑民德摄）

在诸多大臣的

建议下，清廷决定开凿新运河，并命东昌府知府程绳武全权负责其事。光绪七年（1881）正月，工程正式开始，仅用三个月就挑挖了陶城埠至阿城之间的新运道。施工过程中屡次发生险情，特别是在口门建大坝时，黄河突发大水，大坝几乎垮塌。有民工称："此处为黄河河神居住之所，于此修筑大坝，妨碍河神出行，不可能修筑成功。"面对传言四起的局面，程绳武镇静自若，一方面加紧抢修，另一方面安定民心。在众人的努力下，黄河水到坝即消，大坝得以保全，可见施工过程并非一帆风顺。陶城埠运河开通后，江北漕船至陶城埠运河仍面临重重阻碍，船只到口门后，必须等待黄河泛涨涌入运河，才能趁势而入，否则只能在陶城埠等待。艰难时甚至要由纤夫拉过运口，费时费力。随着黄河泥沙不断淤垫，船只不能过坝，只能不时挑浚。后来随着口门淤垫日高，黄河水无法进入运河，陶城埠至临清间卫河几乎干涸，有大臣建言："走运道日益艰难，可以在阿城与临清之间修筑铁路，沿途设置仓廒，以火车运输漕粮。不但可避每年疏浚之苦，而且速度很快。"但考虑到黄河迁徙不定，一旦遇到洪水，铁路就可能被冲毁，这一建议没有得到实施。

光绪十三年 (1887)，面对陶城埠运河使用艰难的情形，程绳武挑挖口门淤沙，并修建石闸一座，以拦蓄泥沙。但单靠一个闸座不可能彻底解决泥沙淤垫的问题，此后每年仍须不时挑浚，否则船只无法由黄入运。光绪十九年（1893），形势败坏已极，自陶城埠至临清二百里河道堤埝残破，卫河水经常倒灌入运河，加上黄河淤沙，船只已无法通行。面对诸多困境，很多大臣建言停止内河航运。但清廷考虑到一旦停运，数万漕船水手将失去工作，影响社会秩序的稳定，因此一直犹豫不决。

光绪二十八年（1902），河东河道总督锡良认为运河已经几乎不能使用，山东河道事务也基本归山东巡抚管理，河道总督这一职务及所属河政官员都可裁撤。一方面可以节省国家经费，另一方面漕粮已无需通过运河运输，于是将河东河道总督及所属管河道、管河厅、河标全部裁撤。

陶城埠运河的开凿是中国传统河运工程最后的余晖，在河官裁撤、漕粮改折（指将应缴纳的税粮用银两替代）后，山东境内黄、运两河的政治性减弱，频繁泛滥的洪水不但影响了区域社会秩序的稳定，而且导致了阶级矛盾的进一步激化。即便运河局部河段还能通航，但运河上进行的多是民间贸易与交流，国家漕粮运输的消失标志着其政治性的弱化。

二

巧思治河

作为一条几乎全程都由人工开凿的渠道，山东运河能否畅通，完全依赖于河工和河政。其中南旺分水枢纽是为了解决跨越水脊难题而建设的大型综合性水利枢纽，梯级船闸的建设和运用则实现了对运河水道水深的控制，体现了中国水运工程的杰出施工维修技术和完善的管理体系。从对水道和水源的工程规划，到对水资源的调度和管理，都代表了在没有石化动力的水运时代，中国大运河卓越的技术成就。

（一）治河有方

1. 马之贞勘修运河

至元十二年（1275），宋元战争已经到了最后关头。这年夏天，大元丞相伯颜从建康（今南京）返回上都（在今内蒙古自治区锡林郭勒盟正蓝旗境内）面见忽必烈。伯颜对江南地区发达的水运网络、便捷的水路运输印象深刻，他见到忽必烈后，就向他详细讲述了"南国舟楫之利"，认为当务之急是开通运河运输漕粮。

八月，伯颜辞别忽必烈南下，继续伐宋大业。他一出军都陉南口（在今北京市昌平区南口镇），就急切地询问前来迎谒的枢密院官员，探讨怎样才能打通华北平原的漕运通道。有一个名叫张立的左卫亲军副都指挥使向他举荐了自己好友的儿子马之贞，大臣商挺的儿子商璘也对伯颜说："马之贞通晓水利。"

当时马之贞正在东平路担任大府掾，受召后便立即赶往大都（今北京）。他给伯颜讲述了自己父亲建议严忠济沟通汶、泗两河，并与毕辅国一起勘查洸河故道的故事，并且把他们留下的地图带了过来。伯颜把地图转交给了时任都水监郭守敬，让他去考察是否可行。郭守敬进行了非常细致的考察，又绘制了更加详细的地图，认为可以沟通汶、泗两河。伯颜拿到郭守敬的报告后，很快就派人前往济州（今济宁）开凿漕渠，但这个工程因为暑夏暴雨的缘故失败告终。

至元十三年（1276）二月初五，南宋恭帝赵㬎率文武百官向伯颜投降，南宋灭亡，历经了数百年分裂的中国终于再次迎来大一统时代。伯颜于三月份带着宋恭帝等人启程返回上都，闰三月到达东阿，接见了马之贞。会谈之后，他派马之贞与刘恕考察能否从东阿连通大清河和御河，以及怎样设计路线最为合理。经过了半年的调查后，马之贞在九月份向伯颜汇报了调查结果，他认为东阿地形较高，不能从这里连通大清河和御河。伯颜对这个结果很失望，但他没有死心，两个月后，又派马之贞会同孛鲁到大清河下游的滨州和御河下游的沧州考察，看看是否能从这里连通，结果因为沿海多沙，还是没有找到合适的路线。总之，在这一年里，"济州漕渠"工程失败了，寻找大清河和御河连通路线的努力也没有成功，这对来自蒙古草原的统治者来说是一个打击。

元代马之贞改修堰城坝残碑（高元杰摄）

此后他们沉寂了五六年的时间，直到至元十八年（1281）十二月才重启开渠工程，派李处巽、刘恕等人前往济州，会同马之贞安排好开河的夫役，做好了准备工作，但没有立即动工。直到一年后的至元十九年（1282）十二月才开始动工，最终于至元二十年（1283）八月完工，这就是济州河。所开主河道南起于任城，连接毕辅国疏浚的洸河，北到东平须城（今山东东平县埠子坡）安民山附近连通大清河，全长约七十五公里。此外，还疏浚了洸河任城向南到鲁桥段的三十公里和鲁桥以南的泗水等河道，总计疏浚河道一百五十余公里。

济州河开凿后，元朝首先采取河海联运的方法，即让南来的漕船从济州河转入大清河，到利津入渤海，渡海到直沽，再由海河、白河到通州。但这个方案很快就因为大清河入海口泥沙壅积而无法采用，只得改用水陆联运的方法。在开河成功的当月，就在大清河北岸东阿到临清的御河之间设立了驿站，开通了驿道。这样，南来漕粮到达大清河后，就在东阿登陆，转入驿传系统，经陆路运往临清御河。这段陆运距离长达二百五十余里，每年需要 13276 户民众服役，尤其是其中的茌平一段，地势低洼难行，东阿、寿张、东平、茌平等地民众不堪其扰。

至元二十四年（1287），元廷设立尚书省，以桑哥为尚书平章政事，广泛征求意见。有寿张县尹韩仲晖、太史院令史边源相继建议从安民山开运河到临清。尚书省召集群臣讨论认为可行，便派遣马之贞担任都漕运司副使分司东阿，让他一边管理东阿到临清这二百五十余里的陆运，一边与边源一起考察开河路线，计算工程量。马之贞考察完路线后绘制地图上奏尚书省，尚书省认为可行。十月，桑哥将马之贞估算的工程量上奏给忽必烈，获得了忽必烈的批准，于是派遣断事官忙速儿、礼部尚书张孔孙、兵部尚书李处巽，跟马之贞、边源一起主持开河工程。

工程于至元二十六年（1289）正月开工，从须城安山西南的寿张开始，西北过东昌（今聊城），又西北到临清入御河，长二百五十余里。开挖完河道后，六月放汶水入河，工程完工。忽必烈诏翰林院为运河命名，翰林学士杨文郁等乞赐名"会通"，是为"会通河"。

会通河开成之后，仍由马之贞负责其管理维护。至元二十八年（1291）马之贞领河道提举，这一年他罢免了 13000 个传车户，让其中的 3500 户管理漕船，3500 户管理驿递船，3000 户管理驿站马匹，完善了会通河的管理制度。

2. 徐有贞治理沙湾

宋礼为保障会通河水源，曾引黄河水到安山湖、沙湾一带济运，但这条济运支流却在三十多年后成为会通河周边民众的心腹大患。正统十三年（1448）七月，黄河决于新乡八柳树，洪水沿着这条支流冲溃了沙湾运河堤岸，挟带运河水东流至大清河入海，严重危害到了漕运安全。朝廷先后派遣工部侍郎王永和、山东巡抚洪英、河南巡抚王暹、工部尚书石璞等人前往治理，但治河七年徒劳无功，形势越来越严峻。

不得已之下，景泰四年（1453）十月，景泰帝朱祁钰诏令朝臣推举治河贤才。内阁首辅陈循、漕运总督王竑等大臣共同推举右谕德徐有贞，景泰帝遂提拔徐有贞为左佥都御史，令其奔赴沙湾治河。徐有贞收到命令后立即出发，十一月就抵达了沙湾。他发现这时洪水仍十分汹涌，这种情况下人们无能为力，便遣散河工让他们回家休养，约定好日期再回来兴工。

这样，在休整治河队伍的同时，徐有贞也有了勘查水文地势的时间。他驾着一条小船对黄河、大清河、大汶河和卫河进行了全面的考察，重点考察了黄河自濮州、范县到张秋沙湾的情况，对整个区域的水文情况了然于胸。然后，他撰写了《言沙湾治河三策疏》上奏朝廷，详细介绍了自己的治河计划，即造水门、开分河和挑深运河。造水门是为了疏泄沙湾洪水，以便堵住决口；开分河既能补充运河水源，也能分杀黄河水势；挑深运河则是为了预防使用黄河水源带来的泥沙淤积问题。

对于徐有贞开河疏水的计划，朝廷中有很多反对的声音，为此景泰帝特意派太监前往沙湾质问。为了给朝廷讲清楚自己的依据，徐有贞拿出了两个同样容积的水壶做实验，在一个水壶壶底开了一个大洞，另一个水壶壶底则开了五个小洞（小洞面积之和等于大洞面积），在两个壶中注满水后同时放水，结果开五个小洞的水壶先被放干了。实验结果被太监带回大都后，说服了景泰帝和朝中大臣，徐有贞得以顺利执行自己的计划。这个实验在水力学上被称为水箱放水实验，徐有贞可以说是最早做这一实验的人，在四百多年后的西方，法国力学家彭赛列、美国流体力学家史密斯才做了该实验并探讨出其原理。

获得皇帝支持后，徐有贞全面展开了他的黄运治理工程。其中，运河疏浚工程南起济宁，北至临清，又在东昌龙湾、魏湾等地修建了八座放水闸，将过量的洪水分别放入徒骇河和马颊河入海，来提高运河的防洪能力，保障运堤的安全。这项工程在五月完成。沙湾水门工程，即修筑低溢流堰，俗称滚水坝，是一种高度较低的拦水建筑物，高约 12 米，厚约 120 米，长约 1200 米。在坝上设置水门，宽约 120 米，厚约 240 米；滚水坝两旁修堤，堤高约 12 米，厚约 240 米。堤坝以木竹制成，再用石块砌成，用铁盖加固，非常牢固。后来，徐有贞又在开封金龙口、兰阳铜瓦厢（今兰考东坝头）等处开渠二十里，引河水济运。至此，正统、景泰年间黄河泛滥侵运的危险现象得到了有效控制。

3. 陈善创修土桥闸

徐有贞治河后，黄河不再泛滥，但运河上仍然存在一些壅滞之处。从聊城的梁家乡闸到清平的戴家湾闸有四十一里的距离，中间没有闸坝设施控制水流，其中有个叫土桥的地方就经常淤塞。由于这里距离会通河北端出口临清上闸又只有七八十里，过往船只极多，到达此处便难以移动，常常拥堵数十里。舟人、纤夫推桨拉纤、声嘶力竭，也不能顺利通过，成为漕运管理者的一块心病。

成化初年，山东运河主要由时任山东按察佥事陈善管理，陈善认为应该在土桥这里建设船闸，以便积水行船。他屡次上言，都没有获得批准。成化七年（1471）运河浅阻严重，导致漕运受阻延误，朝廷特别派遣刑部侍郎王恕总理河道疏浚事务。同时将运河分为三段，其中山东省境内的德州到沙河段就由陈善专管。朝廷对于运河的通航非常重视，时任山东巡抚翁世资也来巡察，陈善又趁此时机提议在土桥建闸。翁世资把这个建议上奏朝廷，成化皇帝朱见深认为可行，命令工部商讨工程规划、吏部安排闸官部署。

陈善亲临土桥，统筹安排各项事宜，又派遣东昌府通判马聪等督工修建。所建的石闸，高厚长短统一按照运河石闸的标准，另外还建设了疏水的月河、祠祀的神庙和临时的办事处所，都跟运河上其他地方的同类设施同样标准。关于土桥闸修建的时间，丘濬在碑文中说是兴工于成化九年（1473）十一月初一，告成于成化十年（1474）二月。但明人王琼的《漕河图志》、清人陆耀的《山东运河备览》等书中却记载为成化七年（1471），很难分辨谁的记载更为准确。

土桥闸建成后，吸引了很多百姓在附近定居，土桥变成了土闸村。大运河带来的便利，让土闸村逐渐繁华起来。每当过闸的船只在这里停留，岸边就热闹起来，茶馆、饭店

土桥闸今貌（郑民德摄）

等各种店铺生意兴隆。直到晚清运河漕运废弃，这里才冷清下来。

2010年8月至11月，山东省文物考古研究所对土桥闸遗址进行了全面发掘。根据遗迹中出土的近万件瓷器、陶器、铜器、铁器和玉器，可以想象当年的繁华。出土的数百件铁器中，不仅有生活用具，还有船上用具、造船或加固船板的器具，以及河闸相关设施。

2012年4月13日，土桥闸遗址、七级码头遗址与南旺分水枢纽遗址一起入选"2011年度全国十大考古新发现"。作为目前京杭大运河上已进行系统考古发掘的、保存条件最好的古代运河水利工程之一，土桥闸对号称"闸河"的山东段运河来说具有代表意义。

4. 张盛改修金口坝

金口坝位于兖州东部泗河与沂河交汇处，它能够把泗河拦截到府河中，与洸河合流（称洸府河），后在济宁天井闸入运，是十分重要的运河水利枢纽。金口坝的历史最早可追溯到北魏时期，隋文帝时，兖州刺史薛胄又进一步修建。元代开凿会通河后，仍在这里筑堰，引泗水到济宁天井闸济运。但到了元末明初，石堰被洪水冲毁了。永乐年间，宋礼重开会通河后，没有重建石堰，只是修了个土坝。每当夏秋雨季到来，土坝总是被洪水冲毁，每年都要发动上万劳役重新修筑，人力物力耗费巨大，百姓劳累不堪，运河也难以得到泗水的接济。

永乐到成化年间，朝廷屡次命官员加固金口坝，但没有一次能够成功，直到明宪宗成化六年（1470）都水主事张盛（字克谦，常州宜兴人）来到这里。张盛到金口坝后，徒步走到坝上进行勘测，对坝的形势，以及民众的苦累深有感触。他下定决心一定要把金口坝修好，说道："与其年年这么劳费，让老百姓承受沉重的负担，不如一劳永逸。"正好当时工部右侍郎乔毅催督漕运来到济宁，张盛便把自己的志愿告诉了他。乔毅为张盛的精神所感动，也认为这确实是件于国于民有利的事情，回京后便上疏请求重修金口坝。成化皇帝朱见深让大臣们召开会议讨论，大家都认为可行。不久，南京刑部右侍郎王恕也来勘视，并提醒张盛一定要注意在督工的时候做到奖惩分明。

张盛对这项工程非常尽心，他在坝旁搭建了一个草庐，从清晨到傍晚都在里面工作，坚持不懈。张盛不愿把工程费用摊派到老百姓头上，冥思苦想之后，决定让堰夫们上交米粟来代替每年应该置办的桩草，自己再用这些米粟交易工程所需的物料。他又亲自率领夫役工匠到山中去采石，到林里去伐木，然后到野外去烧灰。凡是工程需要的林林总总的物料，他都规划得井井有条。做好这些准备后，他又邀请兖州同知徐福、阴阳正术杨逵、耆老张纶等人进行细致的分工管理。工程于成化七年（1471）九月开工兴建，历时九个月，到成化八年（1472）六月竣工。

修好后的金口坝东西长约166米，坝底宽约12米，坝顶宽约9.3米；大坝用石头垒成，共5层，高约2.33米。坝身上还建造了三个可以启闭的闸口，上面横放巨石当作桥梁。在坝的南北两侧建造了约133米的跌水石来稳固坝基，还在坝北迎水面建造了两个"雁翅"来分杀水势，规制非常科学。这项工程一共使用了三万多片石头、八万多根木桩、一百多万斤灰，至于黄糯米、铁锭、铁环等物料则不下千万。工程动用的夫役工匠有2500多人，都是政府服役人员，没有扰动普通百姓。工程在奖赏方面耗费钱数万缗、米一千多石，这些都是张盛自己筹措的，没有动用公家的钱米。

张盛重修后的金口坝十分坚固，有效地起到了拦截泗水、引入洸府河到济宁济运的作用。但因为泗河泥沙含量较高，受金口坝阻挡后，大量泥沙在这里淤积，抬高河底，金口坝慢慢显得越来越矮。人们只好每年春天在金口坝上再修筑土坝，来实现挡水的目的。直到嘉靖三十七年（1558）将这道土坝改为石坝，中间留有五个闸门，并设置闸板以时启闭，金口坝才得以更有效地发挥它的作用。

5. 刘大夏治运筑堤

徐有贞治河以后，黄运两河安澜达三十多年。到了弘治年间，黄河又从黄陵冈、原武等地决口，冲断了张秋运河。弘治二年（1489），弘治皇帝朱祐樘派遣户部左侍郎白昂前往治河，开始确立"北堵南疏，防黄保运"的治河方针。白昂治河一年后，黄河又在杨家口、金龙口、黄陵冈等地决口，冲毁张秋运河。弘治皇帝又派工部左侍郎陈政前往治河，结果陈政刚到黄河工地不久就病逝了。

吏部尚书王恕又推荐了浙江布政司左布政使刘大夏，弘治皇帝立刻接受了这个建议，于弘治六年（1493）二月升刘大夏为右副都御史，派他前往河南、山东治河。河漕危机让弘治皇帝忧心如焚，他在颁给刘大夏的长达千言的任命状中语重心长地说："古代治理黄河，只是为了防止洪灾、保护百姓，但现在就不一样了，还是为了保护运道，保护这条国家生命线。你去了以后，要分清轻重缓急，现在暮春时节漕船北上，要想方设法让漕船通行无阻，然后再去勘查洪水流经情形，规划治河方案，开展堵筑疏浚工程。"

刘大夏知道事情的严重性，马上前往山东运河查看。他到张秋一看，密密麻麻的漕船堵在黄河决口以南的运河上，不得前进。苦思冥想之后，他决定从张秋运河决口西岸开凿一条三里长的月河，让漕船能够借助黄河洪水过河北上，以解弘治皇帝最担忧的漕运之难。

漕船顺利北上后，刘大夏终于缓了一口气。他用了一年多的时间，沿着黄河上下千余里勘探地势水情，并不断地与河南、山东两省的地方官员交流商议。最后决定："张秋正当洪水之冲，就算修好了张秋运河，仍然会被洪水冲毁，因此必须先解决上游的洪水问题，才能开展张秋运河修复工程。要解决这一难题，仍然要采取白昂的'北堵南疏'之策。从黄河上游河南段的南岸开河，将洪水分泄到颍河、涡河等河入淮河，减轻洪水对北岸造成的压力。然后堵住决口，截断冲击张秋的洪水，再在北岸修筑大堤，着力防护张秋。"

弘治七年（1494）五月，刘大夏的治河策略得到了弘治皇帝的全力支持，弘治皇帝从朝廷府库中凑了约十二万两白银，并命令凡是河南、山东府库的钱粮，留存的都要听刘大夏取用，再不够就拨浙江、芜湖抽分厂银的一半；山东、河南原先要去京城服役的工匠夫役都要留下来听刘大夏指挥，河工附近的州县要用预备仓粮食供应所有工匠夫役的月粮、口粮。在弘治皇帝的全力支持下，刘大夏展开了大规模的治河工程，包括向南岸疏泄黄河洪水、堵塞张秋运河决口、堵塞黄陵冈等黄河决口、修筑黄河北岸太行堤等。经过这些大规模的工程治理，张秋运河危机得以解决，漕运再度畅通。

（二）护运安澜

1. 张文渊浚泉赋诗

明代引泉济运，始于永乐十七年（1419）的工部主事顾大奇。他受平江伯陈瑄之命，遍历山川，疏浚泉源，引泉济运。正统四年（1439），朝廷停止了宁阳分司疏浚泉源的任务，导致泉源淤塞。正统九年（1444），参将汤节又率领主事熊錬等疏浚泰安州等处大小泉源，才有了一定的恢复。但此后又慢慢陷入荒废的状态。

弘治十三年（1500），浙江上虞人张文渊担任宁阳分司主事。由于六年前，右都御史刘大夏修筑太行堤时堵住了黄河北流济运的支河，运河的水源一下减少了很多，只能完全依赖东侧发源于鲁中丘陵的泗、汶诸河了。但这些河流的流量存在显著的季节变化，在运河不需水的夏秋雨季流量最大，在运河需水的冬春旱季流量最小，为此就需要有更加稳定的水源来弥补冬春水量的不足。刘大夏堵住黄河支流后，对泉源的需求突然变得急切起来了，张文渊正是在这个时候来到宁阳分司主管泉源疏浚事宜的。

张文渊到宁阳分司后，就开始翻阅前任们留下的档案资料，想要参照以往的案例来疏浚管理泉源。但他发现，前人并没有留下任何有价值的资料让他作为参考依据。失望之余，张文渊勇敢地承担起了开创的重任，每件事都亲力亲为，制定办事方法、规矩，并记录下来，以免后继者再像他一样无据可凭。

在熟悉宁阳分司的基础工作后，张文渊做了一项前人没有做过的开创性工作，他要遍巡十七州县，亲自勘查疏浚泉源，并绘图以传后世。对于十七州县的勘查顺序，他认为应该先从下游的州县开始，再勘查疏浚上游的州县，这是很合理的规划。他从汶上出发，先往北到达东平、平阴，然后按照顺时针的方向巡行肥城、泰安、莱芜、新泰、蒙阴、泗水、曲阜、邹县、滕县（今滕州）、峄县、鱼台、济宁、滋阳，最后回到驻地宁阳。这次周巡共耗时 3 个月，行程共 3850 余里，发现并疏浚泉源180 余处。张文渊回顾整个巡行过程，感慨万分，赋诗总结道：

巡行三月始周遭，半宿民间半野蒿。

莫道此官闲到底，十分中有五分劳。

在巡行州县、疏浚泉源的过程中，张文渊详细记录了每个泉源的位置、环境，泉池、泉渠的情况，及其如何流入运河济运等情况，并命地方官员树立碑志。比如在肥城，有盐河泉（咸河泉）、董家泉、马房泉、王家泉、臧家泉、吴家泉、拖车泉等泉源，就命知县张希达立碑志如下：“董家泉，在兴隆庄北。本泉坐落本县安乐乡衡鱼社湖屯集出平地土中。自源头池圆七尺，至下源长二里二百四十步，阔四尺五寸，流入汇河，转入汶河，以济运道。”

当勘查到名泉或水势奔涌的大泉时，张文渊总会诗兴大发。在汶上县军屯山前后，有龙斗泉、鸡爪泉、泺淯泉等泉源，其中以龙斗泉为最大。张文渊赋《咏龙斗泉》描写它：

> 怒角双龙战未休，撼开平地突新流。
> 髭髯涌出数茎碧，鳞甲浮来几片缁。

在著名的泗水泉林，有一个红石泉，泉水上涌时，能够激起红沙，如霞如雾，蔚为奇观。张文渊赋诗咏道：

> 红灯倒映红石泉，况有明月来青天。
> 太白浩然意趣似，只恐傍人呼谪仙。

在泉林北部、陪尾山西端，有泉如翻雪之成堆，如平地文豹之突起，声震山谷，势雄百涧，故名"趵突泉"。张文渊赋诗咏道：

> 万壑中间见此泉，分明文豹突平田。
> 势雄百涧宜皆殿，声振千林让独先。

张文渊按照这些泉源流入运河位置、接济运河河段的不同，分出四大支流。发源于汶上、东平、平阴、肥城、泰安、莱芜、新泰，以及蒙阴西部、宁阳北部的泉源，都是经由汶河至南旺分水口入漕渠的，这就是后来所谓的分水派；发源于滋阳、曲阜、泗水，以及宁阳南部的泉源，通过曲阜沂河、洸河、泗河等汇总到济宁天井闸入运河，即后来所谓的天井派；发源于邹县、滕县、济宁、鱼台，以及峄县西部的泉源，经由各山河、湖泊汇流到济宁以南的运河中，即后来所谓的鲁桥派；发源于沂水、蒙阴东部、峄县东部的泉源，则从沂河汇入下邳运河，即后来所谓的沙河派。

张文渊提出的四大支流分类，是对十七州县济运泉源的首次分类。他担心后继者无以为凭，还绘制了每个州县的泉源分布情况，详细记录了各个泉源之间的方位和里数，然后命令工匠刻在木版上。这些信息被正德年间的王宠收录在了《东泉志》中。

2. 刘天和治水植柳

嘉靖十三年（1534），时任陕西巡抚的刘天和被任命为右副都御史总理河道，承担治河保运的重任。当时的河漕形势非常严峻，自刘大夏修筑太行堤后，黄河洪水不再从黄陵冈等地决口冲击张秋运河，而是顺着太行堤南下，威胁徐州、沛县一带的运河。这一年就在夏邑决口，冲击徐州小浮桥，淤塞了徐沛一带的运道。

针对这一形势，刘天和及下属对黄河决口与运河之间的泛滥地带进行了大规模勘查，逐段测量河道的深浅广狭，最后提出当务之急是疏浚从鲁桥到徐州之间二百多里的淤塞河道。这个方案能够最快地解决漕运受阻的难题，因此获得了朝廷的支持。嘉靖十四年（1535）春开始动工，总计疏浚河道约 23 里，修筑长堤、缕水堤约 8 里，修建了 15 个闸座、8 个顺水坝，种植柳树 280 多万株。工程完成后，运道恢复通航，万艘漕船顺利抵达京师，效果十分显著。

刘天和在疏浚黄运淤积、修筑堤防、加强工程管理等方面都有不少创新。比如他首先大规模修筑缕堤，为后来潘季驯依赖缕堤束水攻沙提供了条件。在修筑堤防时，他制造了水平仪，规定筑堤要用水平仪逐段测量，保证了堤顶高度的一致。在刘天和的各项贡献中，最为人称道的是他对植柳护堤技术的改进。

他认为黄河堤防不坚固的一个重要原因是缺乏植被防护，因此在总结经验的基础上，创造性地提出了"植柳六法"，并进行大规模推广应用。"植柳六法"分别是卧柳法、低柳法、编柳法、深柳法、漫柳法和高柳法。其中"卧柳"和"低柳"都是从堤根到堤顶普遍栽种，"编柳"则是主要栽在大堤迎水坡面的堤根上，三者都是专门用来预防洪水上涨的冲击的。但在迎溜顶冲之处，洪水容易漫顶而过，这个时候就需要"多则十余层，少则四五层"的"深柳"来抵御了。

六柳中最有趣的是"漫柳"，即在没有堤防的洪水漫滩河段的两岸密集地种植数十层低小的柽柳（属柽柳科、柽柳属乔木或灌木，根系庞大可防风固沙、净化水质）。柽柳泡在洪水里也能存活生长，洪水退走时它们便能把泥沙拦下，日积月累就能形成一道高大坚固的沙土堤，这是一种非常高明的自然成堤之法。至于"高柳"，则主要是栽种于运河堤顶之上的高大柳树，具有防晒遮阴、帮助牵挽等作用。

刘天和对载柳防洪论述之细致，为中国历史上所独有。他所提出的植柳六法，实际上是采用发展生态的方法提高防洪工程的效能，是极有远见的创见，即便在今天仍然具有非常重要的借鉴意义。

3. 潘季驯修复水柜

潘季驯是明代治河的代表人物，他一生四次主持治理黄河及运河，任职期间提出了"束水攻沙"的治河方略并进行了坚持不懈的实践，推进了治河理论的进一步发展，对后世治河产生了极为深远的影响。

潘季驯是在万历十六年（1588）接到第四次总督治河的命令的，这次治理运河的重点是水柜堤防和运河闸坝的建设和管理。山东运河水源匮乏，为了节蓄足够的水量以备不时之需，明代在运河岸边设置了很多水柜，后世著名的南四湖、北五湖便是由此机缘兴盛起来的。对于山东运河而言，水源存在南多北少的问题，因此位于北边的北五湖便显得特别重要，潘季驯的大量规划便是针对北五湖进行的。

所谓北五湖，指济宁以北运河沿岸的五个湖泊，自南而北分别是马场湖、蜀山湖、南旺湖、马踏湖和安山湖。这些湖泊除了南旺湖外都被用作水柜（南旺湖一开始也是水柜，后来失去了水柜功能，变为了水壑），潘季驯在运河修守条例里就明确规定了"巡守五湖堤岸"制度。

为什么要巡守五湖堤岸呢？这是因为当时北五湖管理工作

中遇到的最大难题是官民争地问题。因为水源匮乏，旱季北五湖面积大为缩减，涸出的肥沃湖滩就会被附近豪强争夺占据，导致湖泊面积不断减小，湖泊不能有效起到积蓄湖水济运的作用。虽然历任河道官员屡屡布告封界，禁止豪强、百姓侵占湖滩耕种，但因为湖中无法筑堤，界限不明，难以有效遏制这种占垦行为。为此，潘季驯多方调查后，提出了新的管理措施：在湖边无水的高地修建湖堤，确定湖泊的封界范围，作为第一重防护；再在湖中有积水难以筑堤的低地密集种植水柳，划分出湖泊核心范围，作为第二重防护。这样就明确了湖泊的公私分界，可以有效存蓄湖水，防止民间豪强的侵占。

潘季驯还加强运河闸坝的管理制度。万历十七年（1589），他在坎河口创筑了一道长约二百米的滚水石坝，水小则拦阻汶水至南旺济运，水大则放洪水滚过坝顶归海。这道滚水石坝，便是"运河之心"戴村坝的雏形。南旺是汶水入运南北分流的地方，号称"运河之脊"，分流的关键是对南旺上下闸进行控制。潘季驯为此制定了周密的规章制度，指出："春夏粮运盛行的时候，正是大汶河水量稀少之际，仅在南旺进行南北分流就会面临水量不足，因此应该采用'轮番法'。"也就是说，如果船在南旺分水口南边的济宁搁浅，就关闭南旺下闸（十里闸），让大汶河河水、蜀山湖及马踏湖湖水合流往南，接济济宁和徐州茶城（今徐州北）之间的运道；如果船在南旺分水口北边的东昌搁浅，就关闭南旺上闸（柳林闸），让大汶河河水和各水柜湖水合流往北，接济东昌和临清之间的运道。在他的规划管理下，大运河实现了连年畅通。

4. 运河之脊南旺口

众所周知，南旺分水口（简称南旺）是大运河上的制高点，号称"水脊"。来自大汶河的河水在这里向南北自然分流，从而完美地解决了山东运河的水源问题。那么古人是怎么精准地找到南旺分水口的呢？

南旺的发现要归功于明初重开会通河的宋礼和他的谋士白英。据说白英是汶上当地颇有威望的"老人"（十余名运河民夫的领班），家住彩山村，对东平、汶上一带的山川形势脉络了如指掌。永乐九年（1411）上半年，宋礼重开会通河时，采取的措施都是在恢复元朝的旧迹。就在开河完成，将要回到南京复命的时候，他突然焦虑起来。为什么呢？因为按照元人旧迹恢复的会通河，航运能力自然也就跟元朝时期差不多，每年只能运输数十万漕粮，这对于怀有雄才大略，志在北伐和迁都的永乐皇帝朱棣来说显然是不够的。

为此宋礼满心忧虑，试图寻找解决办法，却一无所获。直到打听到彩山村有位精通水利的老人白英，他顾不上身份地位的差异，急忙上门请教。白英常年研究水利，正是为了消除水患、造福乡里，现在机会来了，便将早已经过深思熟虑的计划和盘托出。宋礼大喜，回南京后，又将计划加以润色，向永乐皇帝奏报说："会通河的通畅有赖于马常泊湖水的接济，但冬春旱季马常泊没法提供足够的湖水，就会导致运道浅涩，因此必须增加马常泊的蓄水量。正好在东平州的东部有一条已经淤塞了的大汶河岔流，名叫沙河（小汶河的前身），能够直通马常泊。这条河的淤塞程度也不严重，只要把河头的三里淤沙清理干净，再在大汶河修筑一道拦河大坝，就能把大汶河的水源源不断地引到马常泊里了。"

有益于运河治理的工程，自然能够获得朱棣的支持。很快宋礼就回到山东，任用白英做自己的谋士，重新规划设计运河引水、分水枢纽。据说，在白英的帮助下，宋礼确定了南旺是大运河上的制高点，并在南旺设置水柜，又疏浚了许多泉源，把它们引到水柜中，还在分水口的石驳岸上进行了巧妙的设置，实现了对"七分朝天子，三分下江南"的分水比例的控制。

这便是民间广泛流传的宋礼、白英开河的传奇故事，但如果认真考证，会发现这个故事里有真有假。正如俗话所说"罗马不是一天建成的"，戴村—南旺枢纽也不是宋礼和白英在一次不到半年的工程中就能彻底完善的。实际上，它是在宋礼和白英治河工程的基础上不断总结经验教训，逐步修改完善而成的。如南旺分水的控制枢纽——南旺上、下闸，是成化年间修建的；蜀山湖、马踏湖的定型及其水柜地位的确立，是嘉靖年间的事了；传说中是白英点泉，但文献记载中最早是陈瑄派遣工部主事顾大奇疏浚的泉源，这些都是有明确史料记载的。

至于宋礼和白英是怎么精准找到南旺这个制高点的，就需要做进一步的推测了。其实，他们当时并没有刻意去寻找制高点，只是把汶水引到了马常泊。当时的南旺尚处于马常泊之中，并不是运河上的制高点。但在汶水注入后，泥沙在这里沉淀壅积，南旺的地势才逐渐高了起来。其实，真正让南旺成为水脊的是疏浚河道挑出的泥沙。

大汶河含沙量较高，在把大汶河的水引到南旺湖（马常泊解体后形成马场湖和南旺湖）的同时，汶水携带的泥沙也全被冲刷到南旺来了。这些泥沙到了南旺后，不仅地势一下子平缓起来，而且有运河上船闸的阻挡，便全都沉积在了这里。时间一长，河道淤

南旺分水口今貌（高元杰摄）

塞，因此便需要频繁挑浚。挑浚出来的泥沙没有办法就地处理或运送到远处，只能堆积在附近的运河两岸。日积月累之下，泥沙越堆越高，便形成了三座长长的土山（运河西岸一座，运河东岸小汶河南岸一座、小汶河北岸一座），南旺便在这个过程中成为大运河上的制高点——水脊，时间大致是在嘉靖年间。

5. 运河之心戴村坝

戴村坝始建于六百多年前的明初，今天仍然横亘在大汶河上，在缓洪拦沙、控制河势、灌溉农田等方面发挥着重要作用。可是很少有人知道，今天的戴村坝并不是当年宋礼所建，而是在坎河口沙坝的基础上发展演变而成的。而当年宋礼所建的戴村坝早已无迹可寻，这是怎么回事呢？

这就需要回顾戴村坝的演变过程了。宋礼重开会通河时，

首先重筑了宁阳的堽城坝，引汶水至济宁天井闸济运。后来，他担心冬春时节马常泊湖水不足，便听取白英的建议，疏浚了大汶河岔流沙河河口的三里淤沙。然后在戴家村附近拦河筑堰，横截汶水入沙河至马常泊中济运。戴家村附近这道六百米长的拦河堰，便是宋礼所建的戴村坝。

为了减轻汛期洪水对戴村坝的压力，宋礼留下大汶河北岸的坎河口（坎河，今称"汇河"，发源于肥城陶山的大汶河支流）作为泄洪通道。每年粮艘经过会通河时，如果大汶河水量较小，就用刮沙板在坎河口做一道沙坝，防止汶水西流，让汶水全部南流入沙河；如果大汶河水量很大，为了保护戴村坝的安全，就放任洪水冲毁坎河口沙坝，使汹涌的汶水有发泄的途径，能够西流故道归海。就这样，戴村坝、坎河口沙坝和沙河构成了戴村坝枢纽的雏形。

在明代早期，会通河引水仍以堽城坝枢纽为主。但随着时间的推移，堽城坝重蹈元代的覆辙，引水能力不断下降。汶水大量西流戴村坎河口，由小汶河至南旺入运济运，戴村坝枢纽的作用得以凸显，地位不断提高，并最终成为汶水上唯一的引水枢纽。

戴村坝起初也经常被冲毁，需要不断费资重修。后来，永乐时东平州知州李湘和天顺时东平州知州潘洪等人不断增筑，尤其是潘洪每年都增土陪护、植柳加固、设夫守护。不但将戴村坝修整得十分坚固，还让戴村坝的长度从六百米增加到了两千五百多米，从最初的戴家村一直延伸到了坎河口附近的南城子村一带。

戴村坝修筑坚固以后，洪水无法冲开西流，就北冲坎河口绕流到故道入海了。长年累月的冲刷下，坎河口西岸的缺口被冲刷得越来越大，流往南旺的河水就很少了。再加上小汶河淤沙渗水严重，导致南旺缺水，会通河漕运淤阻，直接威胁国家经济命脉。

在这种情况下，治河官员们首先要面对的问题，是减少坎河口的汶水通过量，并增加小汶河的汶水通过量。这个问题是容易解决的，只要把坎河口沙坝改建成坚固的石坝就行了。改建石坝后，坎河口坝是否会重蹈堽城石坝的覆辙，沙积坝前、淤满河道，最终坝毁河填呢？怎样避免这种情况，如何才能只把河水阻拦下来，并让泥沙顺利排出故道，才是隆庆、万历年间的治河官员们需要绞尽脑汁去思考的。

第一个交出答卷的是万历元年（1573）的河道总督万恭。在详细考量后，他对坎河口坝进行了大胆的改建，试图使其起到既能堰水又能排沙的作用。他的做法是：大规模地从坎河口西北的龙山上采石，把石头做成类似鹅卵的形状，然后堆积在坎河口西岸沙坝的位置。结果石滩前淤沙日积月累，导致河身逐日淤高，洪水来时便屡屡冲毁石滩，问题没有得到解决。

十余年后，河道总督潘季驯在坎河口修建了长约二百米的滚水石坝。他认为，修筑滚水石坝既能增加南旺水量，又能保证其不被大水冲毁，不用

戴村坝今貌（高元杰摄）

岁岁复修劳民。但是他对于排沙的问题也是无能为力，在没有办法同时实现引水与排沙的情况下，只能首先满足南旺的供水，泥沙淤积的问题则完全依赖人工挑浚。

此后，潘季驯的坎河口滚水石坝又经陆续添修，在清初形成了类似今天戴村坝的三坝相连的规制。所谓三坝，分别是玲珑坝、乱石坝和滚水坝，总长度约 422 米，与今天戴村坝主石坝 443 米的长度相当。这个在当年宋礼修筑的坎河口沙坝基础上发展而来的滚水三坝，被清人赋予了"戴村坝"之名；而当年宋礼所建的戴村土坝，则早已与堤岸融为一体，无迹可寻了。

6. 谢肇淛分司北河

谢肇淛（1567—1624），字在杭，号武林，福建长乐人，是明代著名诗人、文学家、旅行家及博物学家。谢肇淛曾长期在山东运河流经区域任职，万历二十七年（1599）调任东昌司理，在聊城工作生活长达六年之久。万历四十年（1612）又转任工部都水司郎中督理北河，驻节安平（即张秋），又在聊城工作生活了六年之久，可谓与聊城、与运河结缘匪浅。

明中期以后，工部在运河沿线的重要地点设立分司，分遣郎中、主事等官员管理河道相关事务，其中最重要的便是北河分司。北河分司设置于成化十三年（1477），主官为正五品北河郎中，驻扎张秋镇，所辖之地为运河天津至山东段，包括南运河、北运河与会通河，占大运河总长度的近二分之一。北河郎中要管理所属河段内河道的一切事务，"泉、湖、闸、坝、堤、浅之事皆隶焉",并且有权节制辖区内沿河有司及管河文武官员。督率所属官吏、军卫、夫役疏浚运道、清理泉湖、加固堤岸、整修闸坝,对河道进行日常维护,确保运道畅通、漕运无阻。若遇河道大挑或开浚支河等工程,则要服从上级安排,负责管理所属河段内的河道疏浚事务,以及钱粮的征集与收贮,并对其使用进行稽核。由此可见,北河郎中责任重大,对国家漕政、河政而言非常关键。

北河郎中管辖的河道中,事务最为繁杂的是山东段运河。该河段多由人工河组成,水源不足且不均衡,含沙量大,经常受黄河泛滥的影响,河道淤塞不断。因此,水源问题的解决和河道的疏浚成为运河治理的头等大事,也成为谢肇淛所负责的北河分司督理的重点。在这六年里,谢肇淛经常往来奔波于千里运河之上,不惧寒暑,风雨飘摇,常常一次巡河就往返月余。正如他在《暮秋行河作》一诗中所写的那样:"霜风吹断九河流,日日征帆去未休。身似雁臣行万里,家同渔子在孤舟。"

在诸项繁重的工程中,挑河是保障运河畅通的重要环节。其中南旺、彭口、临清等河段泥沙淤积尤为迅速,挑河任务最为繁重。明代对南旺等处运河的挑浚,在弘治年间是两年一挑,万历十八年(1590)潘季驯改为三年两挑。以往每次挑河时,大量民工聚集河岸,饥劳交迫,致使许多人死亡,还易发生大规模病疫。谢肇淛对于民工们的悲惨处境十分同情,作了一首《南旺挑河行》揭露挑河中的种种不公和不合理之处,来为挑河民工发声。他不仅仅是在诗歌中对挑河民工们的悲惨处境和残酷现实进行鞭挞和揭露,作为主管官员,他还发现了问题所在，且不遗余力地去解决问题，努力减轻民工的痛楚。

谢肇淛在治理运河上有很多难能可贵的经验，为了提高治河的质量和效率，减轻民工的苦累，他把这些宝贵经验记录成册，是为《北河纪》。他审察天时地利，不停地思前虑后，日夜焦劳，把护卫河工的经验全都记在《北河纪》里，还绘制河图让后继者参考，达到了"百渎效灵，舳舻鱼贯，旱不涸而雨不崩"的理想效果。

《北河纪》全书由卷首、正文八卷、附《纪余》四卷组成。卷首含图三幅，即北河全图、泉源图和安平镇图。正文八卷即河程、河源、河工、河防、河臣、河政、河议、河灵，内容涉及运河北河段（主要为山东段）水资源及其利用状况、运河工程、管理体制，以及规章制度沿革等。《北河纪》在明清诸多河漕书中确有其独到之处，后世学人对此书也多有赞誉，就连眼光挑剔的四库馆臣也称赞此书"搜采颇备，条画亦颇详明"。

7. 李化龙建泇河八闸

万历三十二年（1604），河道总督李化龙舟行于泇河之中，看着两岸美景，写下了十首《泇河竹枝词》。其中两首这样写道："扬子江头浪打船，黄河滔起雪山连。阿谁引入清溪曲，却是苏杭二月天。""百里连樯百里平，一般少女一般声。清歌月夜大如水，取次中流自在行。"这个时候正是李化龙开河成功、志得意满之时，因此在他的笔下，黄河波浪滔天，新河却是百里连樯自在行，一派苏杭二月天般的美好景象。但若是回顾泇河开凿的全过程，任谁也无法想象是多么艰难曲折。

　　一年前的秋天，总河曾如春想要开凿王家口新河，向东面疏泄黄河洪水。他从河南、山东、江北的三十多个州县，征派了十万多名丁夫凿河，加上二十多万亲属运输衣食器具，共有三十多万人麇集在新河两岸。这些人从秋天到冬天都得不到休息，秽气熏蒸，死者相枕藉。第二年春天，在这糟糕的环境下爆发了瘟疫，先后死亡十多万人，一时间新河两岸可谓人间地狱。付出如此巨大的代价，终于开成了一条宽一百米、长二百里的王家口新河。曾如春下令将黄河洪水放入新河，结果泥沙淤塞了下游，等到春汛水涨，洪水四溢，把鱼台、单县、丰县、沛县全都变成了水乡泽国，而曾如春自己竟然被这一结果活活吓死了。朝廷得到消息后，第三天便派李化龙来收拾残局。

　　李化龙是个真正的文武全才，他是著名的万历三大征之一平定播州杨应龙叛乱的总指挥，还将平叛事迹编成了著名的《平播全书》，为西南地区的稳定做出了重要贡献。李化龙上任后，黄运形势依旧严峻，黄河又在单县苏家庄、曹县缕堤、沛县四铺口太行堤等处决口，灌入昭阳湖，出夏镇，横冲运道。李化龙审度形势，很快发现当务之急是保护漕运，必须先避开黄河洪水，而唯一的办法就是继续开凿泇河。

　　他上疏朝廷，指出开泇有"六善二不疑"，"六善"即六大好处，虽然内容不出当年翁大立所言，但更加精辟警世。比如他说："黄河者，运河之贼也，用之一里，则有一里之害，避之一里，则有一里之利。"对于此前潘季驯"另开运道，则会轻视河患"的反对理由，李化龙在"二不疑"里表示绝不会因为河、运分离而弃黄河于不顾。李化龙的主张成功获得了万历皇帝朱翊钧的支持，泇河工程得以迅速展开。

万历三十二年（1604）春，泇河工程正式动工。经过大半年的努力开凿，于八月基本完工，粮艘由泇河通运者达到了三分之二。泇河的开通解决了黄河洪水冲击运河的难题，但从微山湖到台儿庄的八十五里间，地势落差有七米之大。巨大的落差使得水的流速过快，满足不了通航需求。为此，李化龙在这八十五里的河道上，自西向东建设了韩庄、德胜、张庄、万年、丁庙、顿庄、侯迁、台庄八座船闸，并设置四个闸官，每个闸官分管两个船闸。还设置了三十八处浅铺，随时疏浚淤浅。此外，李化龙还在微山湖韩庄湖口建设了湖口闸。来控制微山湖的蓄水和排水，这在后来成为整个济宁、枣庄、徐州、宿迁、邳州地区的水利枢纽。不久，李化龙母亲去世，次年二月继任总河曹时聘到任，李化龙便回乡守制了。曹时聘到任后，又发夫五十万人，大浚泇河，并且完成了修堤度纤以及设置邮驿、兵巡、公署等善后工作。

李化龙治运后，明清政府确定了避黄行运的大原则，泇河也成为明代最有成效的水利航运工程。清代治河专家靳辅评价："有明一代治河，莫善于泇河之绩"。

8. 叶方恒保泉禁矿

明代后期，为了避开黄河洪水的侵袭，相继开凿了南阳新河、泇运河，水源紧张成为一大难题。为此，治河者致力于搜寻、疏浚泉源，来满足运河的用水需求。作为运河主要水源大汶河源头的所在地，莱芜泉源众多，是治河者最为看重的引泉州县之一。万历年间，著名河臣潘季驯就说："从徐州镇口闸北到临清，依赖汶河、泗河的水源，其实就是泰安、莱芜、徂徕等地的泉源。"到了清初，统治者非常重视运河漕运，对水源的搜寻力度也进一步加强。

叶方恒就是在这个时候来到山东任官的。他先是在康熙八年（1669）任莱芜知县，后又升任山东按察使司副使，分巡济宁道，督理通省河道。叶方恒就任莱芜知县后，十分重视对济运泉源的搜寻、疏浚。莱芜旧有泉源三十五处，明末许多泉源荒废，只剩二十五处。叶方恒到任后，陆续恢复了荒废的十处古泉，又新开泉源十一处，使得莱芜泉源达到四十六处，在山东十七个济运州县中仅次于泗水和泰安。

叶方恒在恢复和新开莱芜济运泉源时，认为泉源的兴废深受铜铁矿冶的影响。莱芜自古以来一直是中国矿冶的一个中心，汉武帝时便在莱芜设置铁官，此后历代冶炼不绝。据逄振镐、江奔东主编《山东经济史·古代卷》，"地处兖州的莱芜县，到唐朝时已成为全省最大的矿冶基地，所探明的矿物品种、矿产储备以及冶炼能力都位居山东乃至全国之冠。"到了宋元时期，莱芜矿冶业的发展达到顶峰，元代在莱芜设置济南莱芜等处铁冶都提举司，冶户四千余，几乎管理着整个山东的矿冶业。据傅海伦《山东科学技术史》，当时全国铁年产量在五百万斤到一千万斤，其中莱芜年产铁量就达几百万斤，是名副其实的全国冶铁中心之一。

但大规模的矿冶也带来了很多问题，其中包括直接或间接影响泉源的出水量。例如，凿山采矿会直接破坏岩层结构，影响泉源的生成。莱芜的冶炼遗址密集分布在汶河及其支流两岸，既是为了便于淘洗矿物，也是为了加速铁水冷凝，但耗水量巨大。此外，冶炼用的燃料主要是木炭，大量烧制木炭也会造成植被破坏、水土流失，导致泉源淤塞。比如被叶方恒称赞为"莱芜诸泉之最"的郭娘泉，曾经"万珠喷溅"。叶方恒专门为其作诗："谁从地底抛珠出，曾说溪边濯锦遗。槎客见疑星宿海，仙郎到指玉津池。评于陆羽茶经好，补在郦元水注奇。况入五汶通国脉，功高南北重交资。"到1958年时，郭娘泉涌水量最大时仍能达到每小时363立方米，可以灌溉万顷良田。结果到了20世纪70年代，因为开采铁矿，水位下降，最终干涸了。

叶方恒显然认识到了大规模矿冶对泉源的影响，他加以分析："山东的泉源是漕运畅通的保障，莱芜有四十六处泉源，非常重要。按照五行相生的道理，金生水。万一开矿冶炼挖伤了山脉，导致金气泄漏，那么水气也会跟着耗竭。到时候泉流不能接济运河，贻误国家的根本大计，谁能承担这样的责任呢？"故此，叶方恒指出："开矿这种行为，唯独莱芜不可以进行，因为这会挖伤山脉，导致泉源枯竭，妨害漕运，害处非常大。"此后，在叶方恒的努力下，莱芜矿冶被关停。后继者又继续搜寻、疏浚泉源，到乾隆初年时泉源已经达到了六十四处，有力地支持了运河漕运。

9. 张伯行改良闸法

康熙四十二年（1703），张伯行任山东济宁道，开启了三年治运生涯。济宁道即分巡济宁道，又名山东运河道等，统管山东省内运道全部事务。

张伯行治理运河期间，尤其注重对闸坝启闭方法的改进，每当有新的收获，他都会记录下来。《行水金鉴》中评价，张伯行在济宁最有功于闸河，其启闭之法精密无比。那么，张伯行是怎样通过改进闸座启闭之法，来提高船舶通航效率、保障地方民生的呢？

张伯行认为，闸河最紧要的闸座有八个，分别是天井闸、在城闸、南旺上闸、南旺下闸、荆门上闸、荆门下闸、砖闸和板闸，其中天井、在城闸和南旺上、下闸两对复闸尤为关键。

天井闸、在城闸是位于济宁城内运河上的一对复闸，当时属于运河厅管辖。济宁往南地势较为陡峭，二闸行船十分困难，张伯行说："往年天井闸水势湍急，每上一船需要四五百人拉拽，每天只能过一二十只船，导致下游在城闸闸下拥堵，积聚粮船数百乃至数千艘。当时的官吏只知道这是因为上游来水太少，就把蜀山湖的利运闸打开，放水到济宁天井、在城闸。结果导致二十年来下游河湖泛滥，从济宁到徐州淹没数百万顷民田。"张伯行考察后认为，蜀山湖利运闸过于危险，绝不能开启；天井、在城两闸并不缺水，船只过闸困难是因为启闭不当。原来在城闸只放下闸板十二块，拦蓄能力不足，导致泄水太多，才导致天井闸过船困难。现在只需要在在城闸多下五六块闸板，提高两闸之间的水位，天井闸过船就很容易了。改变在城闸下放闸板的数量后，天井闸一昼夜就能过船二百八十多艘，比之前提高了十倍。除此之外，原来因开放利运闸而被淹没的民田，也不再受到洪水的威胁。一个小小的调整，能够产生这么大的效果，这就是张伯行改良闸座启闭法的神奇之处。

南旺上、下闸（南旺上闸又名"柳林闸"，南旺下闸又名"十里闸"）分别位于南旺分水口的南北，是运道的要害。以往都是两闸开启，分别接济南旺以南和以北的运河，但张伯行认为这不是最有效的方法。他指出，南旺以南有洸府河、泗河、大沙河等众多河流，总是会出现洪涝的问题；而南旺以北到临清都没有可以利用的河流，总是会出现浅涸的问题。既然南边的问题是水多，北边的问题是水少，那么就不要再从南旺往南放水，而要让南旺的水都往北边去。所以应该让柳林闸作为界水闸，使其常常维持关闭的状态，让南旺汶水不能往南；十里闸、开河闸则应总是开启，让南旺汶水能够全都往北流；柳林闸以南则专用泗河的水源，形成汶水专济北运、泗水专济南运的布局。如果出现北边水多、南边水少的情况，再关闭十里闸，一块一块地提起柳林闸闸板，放适量汶水往南，这样南边的河道便不会有浅涸的忧虑。

张伯行在主管山东运河的三年间，对所有闸坝存在的问题都进行了深入研究，并找出了最切实可行的办法，记录在《居济一得》中。该书获得后世学者很高的评价，《四库全书总目提要》中说："伯行平生著述，惟此书切于实用"。《居济一得》成为后继者们管理山东运河，尤其是运河闸坝的教科书。

10. 林则徐挑河验料

道光十一年（1831）十月初七，林则徐被擢升为河东河道总督。河东河道总督（简称东河总督）是清政府管理山东、河南两省境内黄河、运河事务的部院级朝廷直属机构，不但具有其他总督的监督、审查、逮捕等职权，还掌有兵权，是个军政一体的要害部门。作为中国古代少有的技术性官僚机构负责人，东河总督需要熟悉河工，妥善处理各种突发事件，因此多从机构内部擢升，少有从外部"空降"的。

道光皇帝选择刚刚起复一年多的"外人"林则徐掌管东河，有着自己的考量，那就是考虑到整顿贪污腐败等积弊的迫切性。他希望林则徐这个跟河道系统没有任何利益纠葛的人，能够不避嫌怨，不讲情面，铁面无私，真正革除贪腐。道光皇帝的嘱托让林则徐明白了自己肩上的重任，他鼓起勇气完成这个挑战，即便这意味着要同整个河道系统的贪腐势力作战，危险重重，他仍然毫不退缩。

十二月，林则徐上任后，首先检查了钱粮情况，确认没有亏短，随后便接手了运河挑浚工程。他命令运河两岸各厅各汛都要做好煞坝挑河工作，两省黄河的防汛官兵也要好好预防黄河积冰对堤岸的冲击。从正月初七开始的半个月里，林则徐冒着严寒风雪，亲自沿河实地勘查。南到滕县（今滕州市）十字河一带，北到汶上一带，林则徐将这些河道挑浚的深度、宽度等进行逐段丈量，并跟志桩（指刻上尺度的木桩，用以测量水位的高低）认真对比。也许是有感于林则徐的认真，挑浚河道的兵夫也勤恳努力，挑浚的深宽都能够达到规定的标准。但林则徐并不满足于此，他指出了两点不足之处。

一个是"泥龙"问题。所谓"泥龙"，是指从河道里挑挖出来的泥浆，在搬运过程中，被随意抛洒在沿河道路上，冻成一条一条的冰泥块。这些"泥龙"往往在河道挑浚完工后仍然得不到清理，日积月累，不但严重影响道路交通运输，而且等到开春化冻，一经春雨冲洗，又流入运河，阻塞运道，导致挑浚前功尽弃。为此，林则徐一改从前河道挑浚完工后再清理道路"泥龙"的做法，要求军夫每挑完一段河道，就把所产生的"泥龙"清理干净。那些已经挑完河道仍没能清理的"泥龙"，则由官府再雇佣夫役进行清理。

另一个是他在钜嘉汛主簿徐恂负责的工程里发现的问题。这段运河虽然挖的深度和宽度都没有问题，但是挖偏了，往东岸挖得多，往西岸挖得少。林则徐认为这样会导致西岸日久淤积，河身变窄。为此，他责令加挑，再把西岸展宽一些，让东西两岸一律均匀。这段工程的负责人徐恂因为督工不认真，被林则徐摘去顶戴，戴罪立功，看工程完成质量再决定其去留。

正月二十二，挑河工程一结束，林则徐便赶往黄河岸边去查验料垛情况了。他从曹州（今菏泽）一带黄河北岸的曹考厅查起，一直向西查到武陟一带的黄沁厅，然后渡河到南岸，顺流而下查到商丘一带的归河厅，再渡河到北岸，继续向东查验山东境内的曹河和粮河两厅。只用了一个多月的时间，就查验了山东、河南十多个河厅的数千个料垛。他查验得非常认真，每个料垛都亲自测量其高宽尺寸，看其新旧虚实，有感觉虚松不结实的就进行抽查，发现问题立即惩办负责的官吏。在兰仪厅的蔡家楼，他发现垛底的秸料有霉烂短斤、掺杂潮湿物料的情况，就立即将该厅的同知于卿保撤职，责令他赔补损失。他的一丝不苟，获得了兵民的称赞，很多人都挤到工地上去看他亲自查垛。

三月八日，林则徐在上南厅查验时，忽闻商虞厅虞城上汛十六堡底厂存储的五十六个料垛失火被烧。这起火灾非常蹊跷，因为林则徐马上就要去那里查验料垛了，这个时候离奇失火十分可疑。林则徐也认为很有可能是守备官员为了掩饰亏空，纵火灭迹。如果细细调查，揪出幕后黑手，是一个很好的整顿吏治的机会。但是林则徐没有时间了，早在二十天前他就接到了调任江苏巡抚的通知。虽然无法搜集守备官员纵火的证据，林则徐也没有让他们得逞。他命令相关河员必须在查验料垛前将料物补充齐全，不能烧多补少，或者借此机会虚假报销，误者罪加一等。结果商虞厅同知只好连夜赶补料垛，赔了夫人又折兵。三月二十日，林则徐赶到失火现场进行检查，并给监守的委员、兵丁以相应的处分。此后不久，他就前往江苏任职了。虽然只担任东河总督不到半年，但在他的治理下，河道系统贪腐的风气有所改观，官吏们也更加务实了。

三

转漕南北

运河开凿的政治目的是漕运。山东运河位于京杭大运河地势最高处，为平地开河，闸坝林立，科技含量高，漕船通行难度大。因此，漕船能否顺利通过山东运河直接关系到全国漕运工作能否正常开展。为确保漕粮顺利抵达京城，中国古代创立了特色鲜明的漕运制度，涌现出许多理漕名臣，也出现了数目庞大的纤夫、运军（漕运军队）、水手等依靠漕运生存的人群。这些人中有许多与山东有着密切关系，很多漕运故事也发生于山东境内。

（一）护运督漕

1. 王竑山东理漕治河

王竑是明代的第一任总督漕运。他出生于湖北江夏，曾担任户部给事中、右佥都御史、总督漕运、兵部尚书等职。无论担任何种官职，他都正直敢言、疾恶如仇，以清廉、无私闻名天下，去世后被追赠太子太保，谥庄毅。在任总督漕运期间，他经常巡视山东运河，不但参与河道治理，而且体恤百姓，惩治祸害百姓的恶吏，深受百姓爱戴，留下了千古美名。

明英宗在土木之变中被俘后，景泰帝即位，明朝统治面临重重危机。不但时刻可能面临北方瓦剌的入侵，而且运河失治，漕弊百出。在此危局之下，王竑慨然应命，出任总督漕运，与漕运总兵官共同治运理漕。有好友劝说王竑："现在时局不定，不如暂不领命。可以以身体多病乞休，避开现在的局面，等朝政稳定后，再出任总漕。"面对这种劝说，王竑回应道："在此国难局势下，大丈夫更应该忠君报国，就算是粉身碎骨，也要投身于危局，救百姓于万难。"王竑是这样说的，也是这样做的。他针对漕弊泛滥的局面，制定了一系列措施，大大减轻了纳漕百姓与运丁的负担，漕运效率不断提高。

景泰元年（1450）十二月，因王竑治漕有方，景泰帝对他极为欣赏，命他兼管通州至徐州间近两千里运河的治理。面对漕事繁杂、河工频兴的重担，王竑并没有推脱，而是上奏称："陛下委臣以重任，臣一定鞠躬尽瘁，竭尽全力治理好运河，让大明王朝根基永固，百姓安乐。这是臣一辈子的心愿。"除尽心漕事外，王竑还对山东张秋决河极为关心。当时，黄河频繁冲决山东张秋运道，导致漕船不能北上，商船不能渡河，南北商路断绝，漕粮不继，京城不稳。王竑深知张秋决口如不堵塞，则山东运道不能通畅，势必影响到国计民生。他昼夜深思，想尽办法治理张秋黄河决口，甚至夜不能寐、食不能安。有属僚看到他焦虑的样子，对他说："您虽然兼管治河，但不属于专官，张秋决口自有左佥都御史徐有贞负责，您何必忧愁呢？

即便您费心费力堵塞决口，那也不属于您的功劳，所以不必操心这件事。"听到这种言论，王竑答道："国事即天下事，怎能属于一人一官呢？我治理张秋决口，是为了国家、为了民生，不是为了功劳，更不是为了升官。"针对张秋决口的形势，王竑协同徐有贞勘查河道，制定应对举措，并协调漕运官员、兵丁前往治河工地从事劳动。在他们的努力下，张秋沙湾决河之患终于平息，漕船顺利北上，两岸百姓欢欣鼓舞，纷纷称赞王竑的功绩，而王竑在漕运兵丁中的威望也更高了。为提高漕运效率，王竑还打造了更适合山东运河航行的浅船，裁减了山东济宁至江苏徐州的冗余河官，禁止公船私用，使弊端百出的漕运系统呈现出一派清明景象。

除理漕与治河外，王竑对贪官污吏也是疾恶如仇。景泰三年（1452），巡河御史王珉巡视山东运河期间，依仗皇帝宠信，胡作非为、扰乱百姓。不但随意向百姓征收钱财供自己挥霍，而且贪污治河银两，向过往运粮军丁索取贿赂，严重影响了漕运的正常运转，扰乱了基层社会秩序。面对王珉的恶行，很多官员畏其权势，不敢加以揭发与惩治，导致其气焰更加嚣张，恶行更甚。王竑知道王珉的行径后，搜集证据准备向皇帝举报，有属僚劝告他说："王珉的所作所为难道其他官员不知道吗？他们为了不惹祸上身，纷纷装聋作哑。这件事跟您有什么关系？不如置身事外吧！"王竑听后斥责属僚："看到官员为恶于百姓而不举报，看到百姓流泪而不安慰，这是大明的官员吗？就算是拼掉我的头颅，也要将王珉法办，否则我对不起百姓，更对不起国家。"

在王竑的揭发下，景泰帝很快知道了真相，将王珉下三法司惩治，罢官为民，发开平卫充军。景泰帝被王竑这种不畏权贵、一心为国的精神所感动，命他继续好好治理漕运，保障国家供需。而王竑也不辱使命，勤勤恳恳工作，使漕运局面焕然一新。

2. 临清仓官勇斗权阉

明代临清为京杭大运河上的商埠码头，地处山东运河咽喉要地，是屏卫京师的重要门户。在临清，有"先有临清仓，后有临清城"的说法。会通河贯通后，临清仓储粮多达数百万石。宣德年间，朝廷派出监仓宦官巡视运河沿线水次仓，此后逐渐形成定制。宦官抵达临清后，以皇权为靠山，漠视仓法与国家律令，侵吞仓粮，收受贿赂，骚扰郡邑，压榨百姓。驻守临清仓的仓官多次与巡视宦官进行了英勇斗争。

成化年间，户部主事王璠监督临清仓，他曾同巡查临清的宦官展开激烈斗争。王璠私访发现，这些监仓宦官私下买通临清官仓中的胥吏，狼狈为奸，一起为非作歹。王璠气愤地对手下官员说："只有把为虎作伥的胥吏绳之以法，这些宦官才能收敛。"他的属下纷纷劝他不要轻易得罪这些拥有权势的监仓宦官。王璠义正词严地说："地方官为政一方，不为百姓除害，那还不如辞官回乡。"一月之内，王璠果断采取措施，逮捕与宦官狼狈为奸的胥吏二十余人，并将这些为非作歹的胥吏予以法办，沉重打击了宦官的嚣张气焰。

王璠整顿临清仓政不久，大名府浚县人宋明以户部主事衔监临清仓。上任后，宋明访查临清各仓的管理情况。基层仓官惶惶不安地告诉宋明，正在巡视临清仓的某宦官来到临清后，索取贿赂、欺压良善，是临清城最大的祸害。宋明听闻动容，联合临清地方官员，果断逮捕了这位恣横枉法的巡视宦官，并按照明朝律法将其投入监狱，使临清仓制度运作焕然一新。

　　弘治、正德年间，宦官监仓势力达到鼎盛，对临清仓的危害日甚一日。正德年间，山东布政司向朝廷历数宦官对临清仓的危害。当时，负责巡视临清仓的管仓太监有十五人之多。这些太监的衙署修理、买办物料、人匠工食、公差人役支给等项，费用浩繁。巡视临清仓的宦官管辖的门子、皂隶等杂役人员就多达数百名。这些人员倚仗宦官之势，不但欺压百姓，而且侵吞公款，严重危害了地方社会秩序的稳定。作为运河重镇的临清，原本商贾辐辏，自宦官多次巡查临清仓后，州城百姓十逃五六，富商大贾更是撤资他方，城市经济一片萧条。

　　为打击巡仓太监的气焰，临清仓户部监督王源勇敢揭露了太监的罪行。当时，巡视临清仓的宦官来到临清后，本想通过巡视仓储谋取利益。但见王源为政廉洁奉公，根本没机会下手。于是，这名宦官多次置办豪奢的酒席试图拉拢王源。未曾想，王源根本不上钩，只是举杯应付而已。他声色俱厉地说："朝廷命我监管临清仓储，把国家仓库管理好。我是不会跟你们一起做那些为非作歹的事情的。"这名宦官恼羞成怒，索性绕开王源，勾结临清兵备道副使赵某大肆敛财。王源在掌握充足证据后，直接向朝廷上奏巡仓太监的不法行为，勇敢揭露了他们的罪行。最终，在王源的揭发下，这名巡仓太监得到了应有的惩罚。

为保障临清百姓免于骚扰，这些临清仓户部监督同巡仓太监做了英勇斗争，不免会遭到太监记恨，招来打击报复。万历年间，户部主事何藻督理临清仓务期间，发现仓内使用旧斛年久，仓斛称量漕粮已失去精准度。于是，何藻打造了新的仓斛以方便百姓缴粮。不久之后，巡仓太监来临清巡视，何藻义正词严地拒绝太监的各种无理要求，遭到太监记恨。这名巡视太监向万历皇帝诬告何藻，说何藻将精准度高的新仓斛藏匿起来，故意使用破旧仓斛多收粮食，欺压百姓。这明显是颠倒黑白、诬陷何藻的做法。昏庸的万历皇帝竟然不辨黑白，直接将何藻逮捕入狱。直到这名巡仓太监因贪污贿赂被抓入狱后，何藻才被放出来。

在明代，巡视临清仓的宦官肆意妄为，侵吞仓粮、收受贿赂，勾结仓储胥吏通同舞弊，骚扰郡县、压榨百姓，为求贪贿而无所不用其极。在监仓户部官员抗争下，宦官气焰虽有所收敛，但因皇帝的默许，宦官在临清巡视期间仍无恶不作，导致仓粮收纳运作弊端百出，国家粮储受到严重破坏。

3. 邵宝乱局保漕运

正德年间，明武宗荒淫无道，太监刘瑾擅权，政治黑暗，百姓生活困苦，社会矛盾激化，全国各地接连爆发农民起义。山东地连京畿，境内农民起义席卷全省。正德三年（1508），山东曹州（今山东菏泽）境内爆发赵实、陈朝宗起义，起义军多达上万人。正德六年（1511），刘六率领的起义军自河北攻入山东运河沿线，山东各地农民积极响应，短短几个月之内，人数发展到数万之众。

正德五年（1510）九月，一大队漕运粮船在山东济宁遭到农民军伏击抢劫。令人奇怪的是，漕船上的官兵却未做任何抵抗，导致大批粮船和漕粮被焚毁、劫掠。当时，漕运总督邵宝拒绝结交刘瑾，政治上逐渐被边缘化。但是，他认为此事关系朝廷大局，因此顶着风险向朝廷上《举纠漕运官状》。上奏前，家人劝他远离是非，不要对朝政随意发表意见。邵宝说："漕粮运输关系到国家经济命脉，我作为漕运总督，一定要把这个问题向朝廷汇报清楚。"在奏折里，他提到运送粮食的卫军待遇低下、生活艰难，船无完具、料无完价、口无完粮、身无完衣，而且他们远离故乡，终年操劳而不得休息，致使许多人消极怠工，遇事很难死力护粮。他建议追究各把总直至总兵、参将的责任，以振肃政令，同时革除官吏科敛宿弊，保障运军衣粮并改善漕运待遇。邵宝提出的这些建议被正德皇帝的采纳，并在漕运中得以实施。

当时，太监刘瑾专权，独揽朝政。刘瑾向当时的漕运总兵官陈熊索要贿赂，被陈熊拒绝，引起刘瑾记恨。正德五年（1510），邵宝赴京城述职，刻意断绝与刘瑾的各种往来。然而，在邵宝入宫的路上，刘瑾派心腹党羽吏部尚书张彩和兵部尚书曹元截住邵宝，打算联合邵宝一起弹劾漕运总兵官陈熊。不料，邵宝斩钉截铁地说："陈熊是功臣平江伯陈瑄后代，管理漕政勤勤恳恳，我怎么会参与弹劾？"这样一来，邵宝也成了刘瑾一伙的眼中钉。几天后，刘瑾一伙弹劾陈熊和邵宝，陈熊被逮捕入狱，邵宝被剥职回籍。直到刘瑾一伙被清算后，邵宝才重新回到政坛。

4. 李绂日记忆漕行

李绂 (1673—1750)，字巨来，号穆堂，江西临川（今属江西抚州）人，康熙四十八年 (1709) 中进士，历任广西巡抚、直隶总督、户部侍郎、礼部侍郎等职。雍正元年 (1723) 五月，漕船过淮逾期，户部奏请朝廷遣官员督催漕船，于是让吏部右侍郎李绂负责督促山东济宁至天津的漕运船只。

清代，漕运旗丁多在漕船上装载各类土宜，贩运至京师售卖获利，以贴补生活。各催漕员弁却以此为要挟，屡屡刁难旗丁，并索取贿赂，甚至有杖杀运丁者。在山东运河督漕期间，李绂看到这些驾驶漕船的运丁工作极为艰苦，待遇还很低下，不由得心生同情。因此，一上任，他就将催漕员弁召集到一起，并大声告诉他们："运丁远离家人，常年在外运输漕粮，待遇本来就不高，你们还随意欺压他们，这是有良心的人做出的事情吗？"他严厉禁止催漕员弁欺压运丁，一经发现，从严惩处。在李绂的警告下，这些平日嚣张的催漕员弁不得不有所收敛。

山东运河缺水，需要大量闸坝调蓄水量。漕船过闸时，待闸板关闭后，才发牌给闸夫。闸夫步行将令牌送至二闸，二闸闸官收到令牌后，方能开启闸板。然而，两闸之间往往相距数里，乃至数十里。而闸夫步行速度又慢，导致漕艘通行极为缓慢，效率低下。督漕期间，李绂发现了这个问题，便与漕运总督商议，将闸夫步行传牌改为骑马驰送，并完善闸坝启闭过程中的发牌程序。他建议，不用等到漕船通过的船闸闸板放完，就要发牌传送。如果上下两闸相距十里，就在剩余十艘漕船还未通过时发牌；如果只相距五里，就在剩余五艘未通过时发牌，以此类推。该方法实施后，漕船在山东运河的过闸通行速度果然大幅提升。

清代漕船在山东运河的过闸方式主要是扬闸法和限闸法。漕船临近闸口时，放船至指定闸口，冲闸而下，就是扬闸法；漕船沿着河岸前行，循岸至闸口，这时由闸夫正舵放下闸板，就是限闸法。这两种过闸法各有利弊：采用扬闸法，操作者稍有失误，便会触坏漕船；限闸法没有这样的风险，只是采用限闸法的漕船通行速度太过缓慢。在同样的时间里，采用扬闸法可以放八九只船，而限闸法只可放一船。当时漕船员弁多弃用存在风险的扬闸法，采用效率低下的限闸法。李绂在实地勘查山东运河河道水文特点后，建议采取扬闸法过船。他特意改进了漕船过闸方式，确保漕船能安全平稳过闸，并在张秋镇境内的荆门闸进行试验，一夜可过漕船一百六十余艘，而且船只没有丝毫损坏，极大提高了漕船通行效率。

李绂在漕运制度方面亦颇有建树。他采用"重赏重罚，行之以信"的方针，治理运丁偷盗漕米现象。他下令于运河沿岸村庄、商铺广贴告示，发现偷盗漕米者立即严拿重究。这个方法行之有效，沿途商铺不敢私自买卖漕米，进而从根本上杜绝了偷盗漕米的现象。同时，李绂严格实行巡查制度，明确了各级漕官的责任。除运官昼夜更番巡查外，他将天津到通州的315里水路分为8站，每站大约20里，派塘汛兵丁5名，天津卫干役2名，按站巡查。如兵丁拿获一买米之人而卫役不知者，兵丁赏银五两，卫役责四十板；如卫役拿获买米之人而兵丁不知者，赏罚反之。此外，他还委派有才能的州县正官一员带领胥吏沿河往来巡查，如拿获一买米之人，汛兵、卫役各责四十板。

当时，各地运往京城的漕粮屡遭抢劫。李绂奉命将湖南等地的漕粮押运至天津后收贮。因担心贮米损坏，李绂奉旨将贮粮估价出售，并将盈余银五千两存贮于管河道银库。事后，他将此事告知直隶巡抚李维钧。未曾想，李维钧却将这笔卖粮银匿而不报。不久，年羹尧进京后上疏诬告李绂巧取此项银两，应予查惩。雍正帝经过多方调查，最终得知事情原委，遂亲书"奉国馨心"四字赐予李绂。

李绂所作《漕行日记》专门记载了以上督漕事迹。《漕行日记》共四卷，是李绂于雍正元年(1723)至雍正二年(1724)四月督漕期间所写的日记，详细记载了他督促漕船自山东济宁至天津、截留漕船于天津、转运天津截留漕粮至通州的全过程。此书还记载了各种漕规(如启闭船闸之法)及陋习(如催船弁丁勒索运丁)，是了解清代山东运河及漕运的宝贵史料。

5. 杨锡绂改革漕政

杨锡绂 (1701—1769)，字方来，号兰畹，雍正五年 (1727) 进士。乾隆二十二年 (1757) 出任漕运总督，上任伊始，就给乾隆帝上奏折说："卫所运军每年押运漕粮往返京城，运程达千百里，极为艰苦。兴武、江淮两个卫所旗丁拖欠的漕运款项，希望皇上开恩予以豁免。"出人意料的是，这个旨在减轻漕运旗丁负担的建议，却遭到乾隆的斥责，还让他用个人的养廉银代替旗丁偿还欠款。

清代山东省漕船共有十帮，靠近运河以接运漕粮的水次仓一半地处临清闸内，一半地处临清闸外。山东运河每年都要闭坝挑浚，自十一月至次年正月才能完工。因此，临清闸内各帮漕船不得不等到次年二月初才能受兑漕粮起行；在闸外等候的漕船，则按照冬兑冬开的惯例，于十月之内，赴德州、临清一带受兑漕粮。兑粮结束，正值冬月天寒，运河冻阻，这些漕船等到来年惊蛰之后，才能运粮北上。满载粮食的漕船，只能在临清运河枯守四个月之久。

杨锡绂深入运军中了解漕运实情。运军诉苦说："冬季运河挑浚，临清闸门关闭，直到冬挑结束才能打开，我们被困在临清长达四个月。天寒地冻，不得不在船上生火取暖，很容易发生火灾。这时运河结冰，漕船很难移动，一旦失火，损失很大。"在了解实情后，杨锡绂向朝廷上奏说，临清距通州路途很近，即使在立春运河挑浚完成后，漕船装载漕粮开行，也不会延误抵通之期，没必要规定漕船在年前十月之内就要装满漕粮。与其因循冬季开兑漕船的旧例，还不如改在春季开兑更为便利。他的奏折上达朝廷，乾隆览奏后夸奖他灵活变通，不拘泥于漕运规定，采纳了他的建议。这样，从乾隆三十年(1765)新运开始，山东漕船装载漕粮的时间由冬季改为春季运河挑浚结束后，此时再出发赴通州，免除了漕船枯守临清四个月之苦。

地方州县向朝廷上缴的漕粮，经常出现掺杂潮湿米粒，以次充好的问题。这种问题一旦被粮道官员查出，征收漕粮各环节的官员都要遭受惩处，缴纳不合格漕粮的知府则要按徇私庇护罪论处，军丁以及书吏要全部撤换。然而，漕船雇募的掌舵水手在领取俸银后，却能逃之夭夭，免于处分。杨锡绂给乾隆帝上奏说："漕船雇募的水手，有薪酬银两，也经手漕粮交兑。如若征缴上来质量低劣的漕粮，水手也不该免于处罚，应将那些不负责任的水手发往边远地区充军。"乾隆帝觉得他的这条建议很合理，下旨施行。

根据督运漕粮的切身经历，杨锡绂编纂了《漕运则例纂》。该书以雍正十三年(1735)御史夏之芳奏准纂成的《户部漕运全书》为蓝本，将全书案例逐一校对，删其烦冗、归于简明、补其缺略、务臻详备而写成。该书分类列款编排事例，分17类113款，涉及漕粮数额、漕船运艘、漕粮运输、漕运职掌、漕运河道、通漕禁令、京通仓储等内容，是后世理漕者的必读书。

杨锡绂担任漕运总督达十二年，其间任劳任怨，剔除漕弊，抚恤疲困。漕运军丁对其感恩戴德，在运河边建生祠祭拜。乾隆二十七年(1762)，乾隆帝作诗高度评价其治理漕政的功绩，诗曰:"转漕由来大政关,得人久任谓卿闲;四星储蓄天容与,千里南北岁往还。革弊深应体民隐,董偷兼欲恤丁艰;奉公尽职诚斯在,庶跸仪文尽可删。"乾隆二十八年(1763),乾隆帝下旨加封他为太子太保。

6. 李鸿宾巡视山东漕政

李鸿宾,字象山,号鹿苹,一作睦平,江西德化(今江西九江)人,嘉庆六年(1801)进士。嘉庆十八年(1813)九月,李鸿宾被皇帝任命为巡漕御史,派驻山东济宁,奉命巡视山东漕政。清朝设巡漕御史四人,其中一位御史专驻山东济宁,巡查山东台儿庄至直隶界运河漕务。巡漕御史品级不高,是襄办漕务的监察官,但是他们可以直接向皇帝上奏汇报,因此他们的职责很重,地位很高。

巡视山东漕务期间,李鸿宾发现漕船在山东运河行进艰难。究其原因,原来山东运河水源补给不足,尤其是泉源补水的作用没有得到充分发挥。他在实地勘查泉源过程中发现,由于缺乏疏浚维护,很多泉源周边堆满了树叶枯枝,泉眼早已被杂物堵塞得不再出水。李鸿宾忙问陪同的官员:"这个泉眼归哪个官员负责维护?"有人说:"归管河县丞负责。"其他人却说:"归地方知县负责。"他意识到,在山东泉源管理上,权责不清是导致泉源失修缺水的重要原因。勘查过后,他向嘉庆帝上奏说:"朝廷要制定严格的制度章程,将山东运河沿线泉源维护责任明确划归相应官员,并以泉源是否能够正常济运作为考核官员政绩的标准之一。"嘉庆帝觉得他的建议切中要害，特别下旨令山东巡抚、东河总督按这条建议施行。

自出任山东巡漕御史以来，李鸿宾就山东漕务问题不断发表意见，逐渐获得了皇帝的赏识信任。嘉庆十九年（1814）五月，李鸿宾出任东河副总河，奉命督率厅、营军队督促漕船，并确保漕船能顺利通过山东运河。夏六月，山东连日降水，运河水涨，新挑南沙引渠，能导水入南四湖。对此，嘉庆帝高度重视，下旨告诫李鸿宾趁夏季汛期，尽快将西来坡水、泉水汇入微山湖，确保水柜蓄水充裕，以保障来年漕船行进的用水需求。李鸿宾积极筹划微山湖蓄水事宜。他在微山湖区实地勘查，发现微山湖已经接近干涸，蓄水任务极为艰巨。一旦微山湖蓄水不足，来年开春，漕船行经山东运河，就要面临搁浅难行的困境。为此，他于朱姬闸南筑坝，拦截河水，并在微山湖堤开一缺口，将河水引入湖内。到九月，汛期结束，微山诸湖蓄水充足，为来年漕船经过山东运河储蓄了足够的水量。事闻于朝，嘉庆帝欣喜，夸奖李鸿宾办事得力，并赏他二品顶戴。

道光元年（1821）六月，御史董国华向道光帝上奏，江安各帮运军有部分运丁头目刁横嚣张，欺压漕丁，扰乱漕运秩序。道光帝命李鸿宾秘密访拿，将作乱漕丁按名裁革，并缩减漕船费用。李鸿宾微服秘访，并向朝廷汇报访拿结果。他发现，由于闸夫人数有限，山东运河各闸闸官都会雇募一些周边失地贫民协助拉挽启闭闸门。其中有一些品行恶劣的无赖担任夫头，蛮横狡诈，还用钱财贿赂闸官，一起欺压农民，成为山东漕运的一大祸害。对此，李鸿宾将这些刁横夫头尽数革退，同时根据水势，将某闸用夫几名、需要费用多少都予以明确。他将这些费用名目刻于木牌上，于运河堤岸上张榜悬挂，防止官员利用漕运陋规浮冒钱粮。道光帝对李鸿宾革除漕弊的努力深为满意，称赞他做事细致周到，并告诫李鸿宾巡视漕务要善始善终。道光二年（1822）九月，李鸿宾出任湖广总督，随后出任两广总督，不再负责漕运事宜。

7. 周天爵铁腕治漕

清中期，漕务运作积弊丛生，运丁水手缺少约束，结成帮派组织，恣肆横行，扰乱运河沿岸地区的社会治安。周天爵（1775—1853），字敬修，山东阳谷县张秋镇人，嘉庆十六年（1811）进士。道光十七年（1837），出任漕运总督。作为出生、成长于山东运河沿线重镇张秋的官员，周天爵对运河河工、漕运事务有着自己的了解。

上任漕运总督不久，周天爵就深入漕军群体秘访调查。调查发现，押船督运的卫所守备贪污腐化，欺压基层运军，肆意索取贿赂。访查过后，周天爵施以铁腕整治漕弊，很快就处置了不合格的卫所守备。事后，他给道光帝上奏折说："选拔带领军丁水手转运漕粮的卫所守备，一定要强调道德操守。卫所守备是漕运军丁的领袖，如果操守不洁，就会向帮弁索取财物。上行下效，帮弁会向低级运丁索取财物，地方州县的门丁胥吏也会更加肆无忌惮地欺压百姓。这样将败坏整个漕运系统的风气，最终，这种腐化风气将抬高漕运成本，运丁承担的费用也会更高。这样一来，州县津贴钱粮也无法满足，运丁将百般刁难经手缴粮的胥吏，胥吏只能浮收本色漕粮，购买粗糙米谷以次充好，甚至用水浸泡漕粮，致使漕务弊端丛生。"看了周天爵的奏折，道光帝颇为动容，下旨严厉打击腐化官员。在获得道光帝的支持后，周天爵果断裁退了那些声名狼藉的卫所守备，希望其他守备能有所警戒。道光帝看到周天爵大刀阔斧地整顿漕运官场，颇为欣喜，称赞周天爵办事果敢认真。

道光十八年（1838）十一月，江南漕船渡过黄河北上后，山东运道缺水严重，张河闸、戴湾闸等处运道节节浅阻，漕船行进艰难。周天爵给道光帝上奏折，建议尽快疏浚洸河、泗河及周边泉渠，堵塞黄北岭缺口，并疏浚微山湖出水渠道。微山湖水势北高南低，若是在韩庄以南二三里挑挖一道引渠，那么微山湖底部湖水无法流出，只可出水三尺许。又于闸河挑挖捞浅、卫河添设草坝，早春铺水，开放柳林闸，使得河水集中南流，以济漕船；北流之水，因帮船未到，宜缓些时日，以免虚耗河水。

咸丰元年（1851），太平军起义爆发。咸丰三年（1853），太平军攻陷安徽，巡抚蒋文庆被杀。周天爵临危受命，任安徽巡抚，负责黄河防卫，阻遏太平军北上。在奉命援救庐州途中，病卒于军中。

8. 徐泽醇整顿山东漕政

山东是清朝有漕八省之一，更是八省漕粮必经之地。清廷在山东主要征收济南、泰安、武定（治所在今山东惠民）、兖州、曹州、东昌六府及临清、济宁二直隶州的粟米麦豆。至嘉庆、道光年间，山东漕务积弊丛生，其中兑运帮费名目繁多，尤以折帮代买及各项杂费最为漕务祸害。在漕粮交兑环节，运丁挟持地方州县官员私收杂费，州县官员又将这笔额外杂费摊派到百姓头上，加重了百姓负担。

道光二十八年（1848），徐泽醇出任山东巡抚后，大力整顿山东漕运事务。为倾听百姓真实的声音，他多次赴各地向百姓询问漕粮缴纳的负担问题。各地百姓均不满地反馈："漕粮上缴的浮费，甚至比漕粮正额还多。原本应上缴一石漕粮，额外应缴的各种浮费却远远超过一石！"听闻各地百姓的心声，他深感触动，急忙向道光帝上奏，希望朝廷能裁减山东百姓的漕粮浮费，减轻百姓负担。道光帝支持他的奏议，下旨减轻山东百姓的缴漕负担。

徐泽醇并不满足于此，而是将整顿工作继续推向深入。他将山东漕粮的折帮代买及各项杂费悉数禁革，一律改为津贴公费。按各州县兑漕给帮的数目，每石二三钱的不变，在四钱以上的，就以四钱为限。若超此数，按贪赃治罪。由于花户交兑漕粮常常不能如期，州县又距水次远近不等，加之漕粮交兑期限紧迫，漕粮征运常不及时。漕粮交兑一旦延误，负责转交漕粮的地方州县官员就要受到惩处，负责运输漕粮的帮丁常常以此挟制地方州县官员。对此，徐泽醇建议州县官员可酌量于水次购买稻米予以交兑，免除远距离兑运带来的交兑延误等问题，方能不耽误国家正供。更不准帮丁借端索费，并随时委派官员秉公查验，分别参处。

在漕粮项下，尚有拨运青州驻防满洲兵营俸米，由青州府兑收后支放，以及随同漕粮征收的德、常二仓本色米石，由粮道兑收支销。这部分米石出于漕粮，弊端显著，此项浮费亟需节删。兵丁米石，虽表面按例征本色，实则私交折价。其中浮费不过是收兑衙门以州县陆运耗累为借口趁机要挟，应严申禁令，仍交本色米石。其中路程稍远的州县，可允许通融酌交折价，其价以青州、德州两府州当时粮价为依据，不准有丝毫加增。所需津贴费用，无论本色还是折价，照现定帮丁公费再减一半，每石不得过二钱。如此制定了明确标准，兑收衙门没有借口浮索，则州县从百姓处的收兑数额也有所减少。若再有州县借口费重苛索病民，一经查实，立即从严参办。

经一番整顿后，山东漕政风气焕然一新，徐泽醇取得的政绩也获得了朝廷的认可。道光二十九年（1849），徐泽醇升任四川总督，后授礼部尚书，赐紫禁城骑马。徐泽醇去世后，咸丰帝专下谕旨，高度评价这位老臣"人品端谨，办事老成"，同时派贝子奕劻带领侍卫十员前往祭奠，照尚书例赐恤，赠谥恭勤。

（二）转运漕粮

1. 陈瑄体恤运军

明永乐十三年（1415），山东会通河全面通航，明廷遂罢海运，陈瑄出任漕运总兵官，专理运河河道和漕粮运输事务。当时，行驶在运河上的漕船约为一万艘左右，漕运军丁有十几万人之多。每艘漕船运输五百石左右的货物，约由十名运丁运送。漕船行驶到山东闸河时，因为河道水源匮乏、淤塞难通，运军愁苦异常，除留一两人撑篙掌舵外，其余的八九人都要上岸用纤绳拉船。运军能够获得的运费很少，还要受卫所分派的各种杂役侵扰，生活非常困苦。

洪熙元年（1425）九月，陈瑄向朝廷上疏说："运军押运漕船，工作极为艰苦。当漕船行驶到风大浪急的地方时，运军甚至有生命危险。朝廷应减轻运军负担，尤其是要禁绝卫所强加给运军的各种杂役。"陈瑄特别体谅运军劳苦，准许运军附载一定数量的土宜（即土特产），沿途贩卖，以补充运输开支。漕军携带的土宜种类繁多，包括农产品（如粮食、胶枣）、奢侈品（如珠宝、沉檀）、手工艺品（如瓷器、竹器），以及日用杂货（如布匹、纸张、铁器、肥皂、锡箔、水银）等。他们在山东运河沿线的济宁、临清、张秋镇、德州、东昌府等城市出售南方的产品，并购进当地的土特产，因此获得了大量利润。准许运军携带、买卖土特产，不但补贴了运军的生活，而且稳定了运军队伍，提高了其运粮的积极性。

虽然此前也有运军从事商业活动的现象，但公开携带土宜沿途售卖并得到朝廷的认可，却是由漕运总兵官陈瑄倡议实施的。此后，漕船夹带土宜成为定制，一直延续至清代。至明成化年间，每船准带土宜十石，嘉靖时放宽至四十石，万历时增加到六十石。入清后，运军准许携带的土宜数量不断增长，由清初准携带六十石，至雍正时增至一百二十六石，直至道光初年一度增至一百八十石。

2. 朱之锡同情拉纤之苦

明清时期，山东运河沿线漕船兵船往来频繁，却经常因运道缺水，导致船只搁浅难行，只能从沿线抽调百姓拉纤前行。清顺治十六年（1659），清廷利用山东运河往南方调运军队，大军还没行抵山东，就下令山东运河沿线各州县佥派一万多名纤夫听用。七月十三日，大军赶至山东德州，要求滕县、峄县、沂州等州县必须在二十五日前点齐纤夫，不许短少一名。为此，各州县不断派出吏胥到各村抓夫，弄得人心惶惶、鸡飞狗跳。朝廷要求峄县、滕县各出纤夫 1700 名，结果到期时峄县只抓到 1050 名老弱病残者，滕县更是只抓到 940 人。为免于拉纤之苦，纤夫们在被押赴县城的路上趁夜逃跑，经事后清点，发现逃走了 660 人。没有逃掉的纤夫则被迫从南阳拖拽兵船到宿迁，一路上数百里间不断有纤夫饿死、淹死，境况凄惨。

上任河道总督后，朱之锡亲赴运河沿线考察民情。各州县百姓都以佥派纤夫为最苦上报。老百姓告诉朱之锡："一户人家如出一名纤夫，大家就跟赴汤蹈火一样，还不如让我们每名纤夫出钱三千文补贴船家盘缠费，让我们免于被抓纤。"

听闻百姓心声，朱之锡颇为动容，他很快上奏顺治帝。他在奏折里说："运河上行驶的船只，多为执行朝廷任务的漕船、兵船，这些船不遵守规章礼法，驾船水手多是无赖之徒。他们有朝廷撑腰，气焰嚣张，挑拨兵丁、凌辱乡愚、鱼肉百姓，沿运各州县百姓早已生活在水深火热之中。"抓纤之苦，不是一两句话能够说清的，朱之锡将其总结为六大苦。他对顺治帝说："这样滥抓纤夫拉船无异于将无罪之民驱赶至必死之地。如果朝廷不体恤民情，滥派纤夫，将会引发民怨，甚至导致百姓揭竿而起。"为了让顺治帝接受自己的建议，朱之锡提出了一套应对方案，包括控制佥派纤夫的数量，严格督查过往船只，酌发纤夫津贴银等内容。奏折上达朝廷后，引起顺治皇帝的重视。顺治帝夸赞朱之锡忧国恤民，要求运河沿线州县不得滥派纤夫，并严格控制兵船往来对百姓的侵扰。

朱之锡身任总河，在任上能体恤民情，废除各种累民扰民的弊政，获得了百姓的衷心爱戴。康熙五年（1666）二月，朱之锡治河十余载，殚精竭虑，昼夜辛劳，最终积劳成疾，卒于任上。去世后，朱之锡被运河沿线的百姓供奉为神灵。江淮地区商贾百姓，每遇险境都跪拜朱之锡以求平安，颇为灵验。曹县、单县、邳州、宿迁、中牟等地都为朱之锡专门建庙供奉，漕船军丁也给朱之锡塑像供奉。乾隆四十五年（1780），乾隆帝巡视河工，追封朱之锡为"助顺永宁侯"，春秋祭祀。在朝廷的推动下，朱之锡在民间的影响力更大了，民间百姓称他为"朱大王"。

3. 马戛尔尼使团夜遇抓纤

乔治·马戛尔尼（George Macartney，1737—1806）出生于

北爱尔兰贵族家庭，1792 年被加封为"马戛尔尼伯爵"。他曾作为英国特使出使清朝，以庆祝乾隆皇帝的八十大寿。

英国使团往返途中，两次经过京杭大运河。在途经山东运河时，运河水量不足，使团乘坐的船只行驶缓慢。为加快船只航行速度，官府不得不征派沿岸百姓拉纤。这些被官府征派拉纤的百姓从事着繁重的体力劳动，却只有很少的报酬。英国使团的副使乔治·斯当东 (George Staunton，1737—1801) 写成《英使谒见乾隆纪实》一书，记载了山东运河沿线被迫拉纤的纤夫们的悲惨生活："我们看到中国官员强迫附近居民来做拉船纤夫，但给他们很少的报酬。这些纤夫每天所赚的钱还不够他们一天吃的，因此他们遇到机会就逃走。有的时候夜里逃走了一些人，但又由一些新人换上。有一个监工，手里拿着一根鞭子，在纤夫后面来回走，喊他们加快拉，并防止他们逃走，情况同西印度群岛的黑人监工完全相似。"

乔治·斯当东的另一本书《马戛尔尼使团使华观感》也细致描述了清朝官府在河北、山东段运河抓百姓拉纤的场景。使团船只在河北、山东段运河行驶时，必须由人拉纤前进。负责拉纤的人通常是官府在运河沿岸村庄里强征过来干这"苦力活"的。《马戛尔尼使团使华观感》中记载，官府抓纤夫最常见的方法，是"趁天黑突然把这些可怜的家伙从床上叫起来"。长此以往，运河沿岸的百姓就有了警觉，会推迟晚上休息的时间，甚至采取互相通风报信的方式以逃避抓纤。而官府派出的衙役则采取在半夜突然袭击的方式抓纤。半夜衙役抓纤时，原本寂静的村庄顿时鸡鸣狗跳，一片喧哗。那些可能会被抓差的百姓赶忙趁夜色藏匿起来。由于大家都不愿应拉纤的苦差，那些来不及躲藏而被抓的百姓甚至会遭受衙役的杖打或鞭打，场面十分凄惨。书中描述："当官员派遣的役吏到达，可能被拉差的人都躲藏起来，因此除震耳的锣声、号角声和爆竹声外，我们还时时听到那些不愿拉纤的人挨杖和受鞭打的惨叫声"。天亮后，使团成员目睹了半夜被抓纤百姓的样貌，"我们不能不对他们产生怜悯"。他们描述这些百姓大多是老弱病残者，有的骨瘦如柴、面带病容、衣着褴褛，看起来应去医院就医，而不应去干这种拉纤的苦活。这些可怜的应差者拉纤一天的报酬"不到七便士"，这点钱还不够一天的饭钱，甚至是否真正付给他们还有疑问。

马戛尔尼使团在途经山东运河时，还观察到清王朝严重的贫富差距导致人们在饮食上存在悬殊。当时的中国，有钱人可以尽情享受人参、鹿茸、鱼翅、燕窝、紫菜等价比黄金的山珍海味，而老百姓"难得发现有人能够与英国喝啤酒的公民或表情快乐的农夫相比的"。据使团成员观察，"他们（中国下层百姓）生来瘦弱，病兮兮的样子，面颊没有健康的红润"。这也从侧面说明，当时官方宣称的乾隆盛世，只是一个牺牲下层百姓的幸福生活而堆积出来的虚假盛世。

4. 张伯行并塘渡漕船

清代会通河南旺以北运道水源全部仰赖汶河北流之水，水源补给方式相对单一，存在严重的缺水问题。每逢运道缺水，东昌（今山东聊城）、临清一带的漕船便经常浅阻难行。康熙四十二年（1703），张伯行出任山东济宁道后，对山东运河北段河道进行了实地勘查。勘查期间，他看到有大量漕船在东昌府一段搁浅，连忙询问漕船水手搁浅的原因。水手回答："周家店闸闸官放闸板时机不对，漕船还没驶过聊城，闸官就把闸门启开，将闸内存水放光了，漕船怎么会正常驶过聊城？"

通过实地调研，张伯行意识到山东运河北段各闸启闭配合不协调是导致运河缺水、漕船难以前行的重要原因。勘查结束后，

民国重修的聊城周家店船闸（郑民德摄）

他向河道总督张鹏翮汇报，指出阳谷县荆门上、下闸的启闭，应遵循临清砖、板闸，济宁天井、在城闸的启闭要求，上闸开启则下闸紧闭，下闸开启则上闸紧闭，确保粮船顺利通行。同时，闸官不要拘泥于制度，要根据实际情况灵活变通。如果两闸间聚集的漕船过多，就不必拘于此制，而应尽快将上、下两闸同时开启，那样漕船通行速度就会更快。漕船数量少时，就要遵循上、下两闸一启一闭的原则，绝不可使两闸同时开启，不然就会泄水过多，白白浪费大量水源。

在闸板操作的具体环节，张伯行建议阳谷荆门上、下两闸闸板都要下足二十块，才能储蓄充足水源以确保漕船畅行。七

级上、下两闸启闭与荆门上、下闸及阿城上、下闸的启闭方法相同，需上闸启下闸闭，或下闸启上闸闭。七级上、下闸之间的塘河只有二里多长，但下闸至聊城周家店闸之间的塘河却足有十二里长。若仅开启七级下闸，二里塘河所蓄水量无法满足十二里运道的需水量，因此周家店附近运道经常浅阻难行。若将七级上、下闸同时开启，又会使上游蓄水一泄而空。

为解决这个难题，张伯行反复实地勘查聊城段的运道，最终提议采用并塘放水之法。即七级上、下两闸泄水灌塘后，下游的周家店闸再启闸放船。此举若依旧无法提供充足水量，则让七级上、下两闸同时启闸，下泄能够蓄足三个塘河的水量后，周家店闸再泄放一个塘河的水量，以确保漕船行进所需水量。张伯行提议实行的并塘之法，对于解决聊城段运道缺水，以及漕船行驶困难的问题，取得了立竿见影的效果。

5. 陆耀变法以放漕船

地处会通河、卫河交汇处的临清砖、板二闸，是山东运河上的漕运咽喉，地位极为关键。与人工开凿的会通河不同，卫河是一条发源于太行山区的自然河道，汛期水源充沛，水势浩大，大水直冲位于临清的会通河出口所设的闸板，闸座极易损坏，必须进行周期性的修复。临清砖闸建于永乐十五年（1417），宽二丈，高二丈四尺。砖闸灌塘之前，紧邻卫河的板闸需多下闸板，才能使会通河河水不外泄。若板闸下板太少，灌塘时板闸水一泄无余，船只将会搁浅。砖闸灌塘时，闸官需审时度势、认真权衡，砖闸蓄水可过一百只船时，就要立即送会牌至戴家湾闸。待戴家湾闸再放水灌满一个塘河，砖闸继续放船只过闸。若一次驶过砖闸的漕船过多，会通河蓄水将消耗过快，此时即使上游的戴家湾闸放水接济也无济于事。

临清砖闸遗址（胡克诚摄）

自乾隆三十七年（1772）履职山东运河道逾八年间，运河道陆耀的足迹遍布山东运河沿线。他所著《山东运河备览》资料翔实，堪称古代山东运河的百科全书。陆耀经实地调查发现，上游的戴家湾闸放船时，地处下游的临清砖闸、板闸之间的塘河蓄水充裕。然而，这时临清闸官却未启闸放漕船通过。陆耀大惑不解，忙问闸官为何这样做。临清闸官回答："按规定，闸官只有收到上游戴家湾闸会牌后，才能启闸。"陆耀观察发现，临清砖、板二闸在塘河水量充足时，所下闸板数目不多，大量的水从闸板上溢出，白白浪费了。要是等戴家湾闸放船结束，砖闸、板闸间的塘河所蓄之水早已流干了。若不加变通，待临清砖、板二闸闸官收到会牌，砖闸、板闸之间的塘河早已无水渡放漕船。此举导致砖闸、板闸每日放船仅二三十只，甚至十余只，根本达不到放百余只漕船过闸的预期。

陆耀根据调研情况加以灵活变通，对砖闸、板闸之间的塘河蓄水放船制度进行了改进。他要求临清闸官不要拘泥于制度规定，不必等接到上游戴家湾闸会牌才放水，只要砖闸、板闸之间塘河水量充足，就要让漕船尽快通行。变革临清闸板放船制度后，效果立竿见影，一天之内通过砖、板二闸的漕船最多能达到185只，大大提升了漕船通行效率。

6. 朝城百姓闹漕案

清代朝城县位于鲁、冀、豫三省交界处，地势平坦，是山东运河区域重要的农业区。清前期，朝城百姓的漕赋压力不是很大，地方社会秩序稳定。道光元年（1821）夏，开州（今河南濮阳）黄河决口，下游的山东诸州县怒波横流，朝城县土地变为一片汪洋，农业生产备受摧残。为稳定社会秩序，清政府采取赈济或豁免税粮的方式，试图减轻百姓负担。然而，地方官员却与胥吏勾结，置国家法令于不顾，千方百计地压榨勒索百姓，使得基层社会矛盾进一步加剧，闹漕运动随之而生。自道光二十四年（1844）至咸丰三年（1853），短短十年间，朝城县先后发生五起闹漕案，频率之高在全国居于前列。

道光二十四年（1844）夏，朝城连日大雨，全县田地水涝严重，庄稼受灾减产，大量灾民被迫流落他乡乞讨求生，甚至出现了卖儿鬻女的现象。知县董坤意识到问题的严重性，赶忙下乡赈灾，提出了缓征、以钱抵粮、蠲免往年积欠等措施，试图减轻民众负担。然而，到了秋季上缴漕粮的时间，董坤明明知道当年百姓庄稼减产严重，已无余粮可以上缴，仍旧不顾百姓死活，坚持派出衙役胥吏下乡强征漕粮。这些衙役手持棍棒锣鼓闯入百姓家中搜刮口粮，所到之处，百姓哭喊声不断。走投无路的百姓跪在地上恳求衙役能开恩暂缓缴粮，衙役们却根本不体谅困苦百姓，依旧强征漕粮。东南乡郭家庄的申来玉、任鸣钟在地方上有很高威信，他们私下密谋说："现在百姓家里已经没有余粮，如果再把仅有的粮食上缴朝廷，到了冬天无粮的时候，就要饿死人了。我们穷人必须联合起来反抗。"

九月初十，申来玉、任鸣钟二人带领走投无路的农民十余人走上街头，高喊要求减免漕粮的口号，号召百姓奋起反抗，很快聚集了千余人。县境百姓纷纷响应，聚集人数越来越多，大家手拿农具棍棒，义愤填膺地向县衙奔去。庞大的人群很快攻入了县衙，那些平日里趾高气扬、欺压百姓的衙役胥吏纷纷抱头鼠窜，偌大的县衙就剩下知县董坤和他的几个亲信。闹漕百姓高呼减粮口号，并宣布："大水冲没田地，粮食绝产了，不能再缴漕粮！"大伙个个挥舞拳头、高举棍棒，怒发冲冠、情绪激动。见百姓人多势众，知县董坤担心被围殴，当场表态同意了百姓少缴漕粮的诉求。闹事百姓情绪稍稍稳定，随即撤出衙署，将矛头对准了那些平日欺压百姓的胥吏。出城后，上千人的队伍将胥吏赵凤翔的住所焚掠一空，赵凤翔及家人见百姓来势汹汹，只能四处躲藏。衙役赵金邦等人试图阻止，结果换来一顿老拳，赶忙逃窜并向知县董坤报信。董坤赶忙纠集逃窜的衙役人等，携带兵器捕获参与闹漕的张衫等人，并将这些人投入监狱。这下彻底点燃了闹漕百姓的怒火，申来玉等人重新聚集数千人携带武器冲向监狱救人。面对千余人规模的闹漕案，知县董坤软弱无能、毫无对策，事后遭朝廷革职。申来玉所在的郭家庄等一百余个村庄的漕粮被豁缓，百姓在闹漕案中取得了最终胜利。朝城县第一次闹漕，百姓就取得了胜利，大大增强了他们同官府对抗的决心。

道光二十七年（1847）秋，朝城县夏汛水大，多处田地被淹。新任知县刘树棠依旧不顾百姓死活，只知催征漕粮。因漕粮上缴过多过急，朝城县再次爆发规模远超上次的闹漕案。在这次闹漕案中，数万名百姓集合起来，一起围攻县衙。刘树棠被百姓击伤，落荒而逃。他是个胆小懦弱之辈，担心闹漕案发生于自己治下的县境而被上司治罪，耽误自己的仕途发展，只好忍气吞声，不敢向朝廷禀报。朝城连续两次闹漕运动，都以官府的妥协让步为结局，充分暴露了地方官员欺下媚上的本性。这也增强了民众反抗压迫的信心，使得参与反抗的人数越来越多，逐渐形成了一股极其强大的力量。

咸丰元年（1851）及次年连续发生百姓聚众围攻县衙的事件，但规模相对较小。第五次闹漕案发生在咸丰三年（1853）。这年七月，朝城县大雨三日，乡间田地水淹严重，庄稼又要面临减产甚至绝产的危险。民众纷纷向县衙报灾，希望官府能减免部分缴粮负担。时任知县任腾蛟闻讯下乡勘查，直到八月十二日才回到署衙。勘查过后，任腾蛟并没有拿出很好的安抚百姓的方案，依然派出衙役去地方征缴漕粮。乡民韩存柱、孙际美等人纠集北乡十一村上千名百姓聚众闹漕。闹漕百姓再次攻入县城、围堵县衙，高喊："土地被淹，庄稼绝产，要减免漕粮！"众人情绪激动，纷纷朝官府人员投掷砖石，打伤多人。任腾蛟见形势马上就要失控，不得不出面安抚闹事百姓。但百姓义愤填膺，根本不听任腾蛟的任何解释。混乱中，任腾蛟被群情激愤的百姓投掷石块击中，头破血流，狼狈至极。任腾蛟受伤后，赶忙组织人员关闭县城城门，抓获韩存柱、孙际美等二十五名闹事百姓。任腾蛟将闹漕之事紧急汇报给上司官员后，二十五名带头闹漕的百姓全被处斩。朝城县年年闹漕、岁岁抗官的状况已令清政府非常头疼，地方官最终只能采用杀一儆百的惩罚措施，以稳定地方社会秩序。

朝城闹漕案集中发生于数年之间，参与人数从数百到上万不等，闹漕百姓往往采取攻入县衙、殴打官员、围攻城池等方式。面对来势汹汹的闹漕运动，清廷与地方政府举止失措，未能有效缓和基层百姓的愤怒情绪，更没有从根源上减轻民众负担。地方官府的苛索压榨和政策失当，使得百姓积压的反抗情绪越来越重，导致闹漕案一波未平一波又起。

7. 淄川刘德培抗漕

在清代，山东济南、兖州、东昌三府百姓需要向朝廷缴纳漕粮。在规定的正额漕粮之外，还要缴纳许多相关的漕赋，给纳漕百姓造成了巨大的负担。清代漕赋浮收的现象非常常见，这是因为绝大部分地方财政都要上缴朝廷，地方官员只能靠搜刮漕赋浮收之类的灰色收入来维持官府的运转，并满足不良官吏的贪污腐败。从这个意义上来说，如果不对清代地方政府的财政结构和漕粮征收方式进行彻底改革，是无法杜绝漕赋浮收这一现象的。咸丰年间，得益于漕粮海运的开展，胡林翼在湖北省推行了以漕粮改折减价为中心的漕务改革，被时人视为其抚湖北的"第一美政"。但就在南方普遍进行漕务改革、清除漕弊的同时，山东省淄川县却反其道而行之，变本加厉地多征漕粮漕赋。

咸丰十年（1860）秋，淄川县知县多仁为了满足自己的贪欲，挖空心思多征漕赋。他提出了"合勺成升"的新办法，要求漕粮漕赋征收时，将零头合、勺，都入成整升，这样每石就能多收近一升的米。当时的淄川县已经连遭两年旱涝灾害，老百姓们饭都吃不饱，已经民不聊生了。多仁不思赈灾救济，却在本来就已很严重浮收的基础上更进一步，是要把老百姓们推向崩溃饿死的境地。

知县的倒行逆施惹怒了淄川县的百姓，其中就包括正在县役胡朝彦家中教书的刘德培。刘德培的父亲当过县衙刑书，他本人曾求学于著名的般阳书院，不但考中了秀才，而且喜欢舞刀弄枪，可谓文武双全。他为人慷慨磊落、仗义解难，在民众中颇有威望。刘德培眼界开阔，早已知晓南方农民起义正风起云涌，百姓抗漕闹漕之事此起彼伏。眼见多仁贪酷无道，耳闻百姓愤怒呼声，便想要为民解困。他书写传单张贴于各个村庄，鼓舞民众奋起反抗，又书写了抗议呈文，打算带领百姓去县衙与多仁讲理。人们听说后，都觉得找到了主心骨，很快就聚集了两千多人，拿着棍棒锄镰等农具器械，前往淄川县城抗漕。

多仁听到消息，惊怒交加，急忙派县役胡朝彦等前去逮捕刘德培。胡朝彦是刘德培教书的东家，刘德培对他没有多少防备，很快就被他趁机逮捕了。刘德培被捕后，多仁向上级报告，虚增了他许多罪状，要求上级从重惩处，押往济南等待发落。刘德培被捕的消息震动了淄川百姓，百姓们觉得刘德培是为他们出头才遭的难，如果真被押往济南必定凶多吉少，大伙不能见死不救。于是，他们先行赶到押解必经的韩仓店铺，买通了同情刘德培的店主。当刘德培一行投店后，店主把解差灌醉，放走了刘德培。刘德培死里逃生，但不慎扭伤了脚，幸而获得了一个拾粪老人的救护。刘德培伤愈后，潜回淄川投靠在般阳书院求学时的老师林佶，林佶同情他，但不能久留他，便资助他盘缠，让他潜伏到博山八陡镇的一位朋友家里。从此，他开始在博山、淄川一带的农村进行抗漕宣传，结识并发展了博山贡生魏孔彰、淄川监生蒲人芷、司冠平及武生韩辅东等一批同情老百姓的民间知识分子。

咸丰十一年（1861），鲁西地区农民起义风起云涌，一支捻军二月打到了淄川附近，而且扬言在八月秋收时还要回来筹饷。这让多仁惊恐万状，无奈之下只得下令在民间开办团练，企图利用地方势力进行抵御。长期受压迫、被奴役的农民，也趁此机会组织农民武装，刘德培也在此时投奔了临淄县朱生组织的团练"黑团"。但到了五月份，黑团便被临淄县令镇压了，刘德培侥幸逃脱后，仍然潜回淄川避难。

十月，秋漕开征，多仁继续施行"合勺成升"的办法，再次激怒了广大的淄川百姓。由于有了刘德培领导的第一次抗漕斗争的基础，又受到捻军北上的影响，韩辅东率先反对多仁的罪恶行径，拒不多纳。多仁气急败坏，驱使衙役鞭打民众，有人竟被当场活活打死。民怨沸腾之下，刘德培、韩辅东、蒲人芷等人再次领导淄川人民展开了第二次抗漕斗争。

成千上万的农民揭竿而起，潮水般涌向县城，占领了西关，乱棒打死了差粮官袁思茂。这吓得多仁急忙命人封闭城门，召集城中官吏、乡绅商量对策。恰巧周村"志诚团"团长吴春航闻讯赶来，愿意从中调停，劝说多仁去掉"合勺成升"的规定，仍然按照原价征收漕粮。农民害怕多仁只是行权宜之计欺骗他们，逼迫多仁在城隍庙大门左侧树碑作志后方才散去。为了避免官府作弊，改由韩辅东等人代替官府收集漕粮，多仁在农民抗漕怒涛的冲击下气恨交加，于次年正月中风而死。淄川县第二次抗漕斗争获得了胜利，为日后刘培德"信和团"起义奠定了基础。

四

大运之旅

大运河作为中国古代南北交通大动脉和经济文化交往的重要通道，除承担着漕粮、贡品和各种商货物资运输外，还承载着重要的客运功能。无论帝王将相、士子商贾还是外国使节，均利用运河之便，往来南北。他们在运河旅行途中，访客会友、吟诗作赋，领略各地风景、品尝各处美食、体验不同习俗，带动了运河沿线城镇经济文化的发展，也留下一系列脍炙人口的运河故事。

（一）龙舟流韵

1. 明宣宗运河迷踪

明宣宗朱瞻基，是大明王朝的第五位皇帝，生平酷爱"促织戏"——斗蟋蟀，曾令各地进贡佳品，给百姓造成了不小的负担，因而留下了"促织天子"的名声。《聊斋志异》中《促织》的故事，即以此为原型。朱瞻基在未成为皇帝之前，有过一次扑朔迷离的运河之行，至今仍是个未解之谜。

明太祖朱元璋于元末起兵淮西，定鼎金陵（今南京），北伐中原，一统天下。建文元年（1399），燕王朱棣自北平（今北京）起兵，发动靖难之役，与建文帝朱允炆沿运河一线展开决战。其中，德州、东昌之役尤其惨烈。历时四年，朱棣攻克南京，夺取帝位，遂起迁都北京之议。为保障迁都后北京的物资供给，朱棣于永乐九年（1411）命工部尚书宋礼重新疏浚会通河，令平江伯陈瑄开清江浦、疏通淮扬运河。至永乐十二年（1414），京杭大运河再次全线贯通。永乐十八年（1420）九月，北京城营建完成，朱棣下诏次年正式迁都北京。

大运河全线贯通后，明廷在通州停泊了十艘专供皇帝出巡使用的"预备大黄船"。据《龙江船厂志》记载，其规制如下：船面自头至稍，七丈九尺三寸；船底自头至无板处，五丈二尺四寸；无板虚稍，二丈二寸；头阔九尺，深五尺四寸；中阔一丈五尺，深六尺二寸；稍阔一丈四寸，深七尺二寸。这跟隋炀帝的"水殿龙舟"相比也堪称伯仲之间。因此，朱棣及其子孙往返南北二京便可乘船沿大运河巡行。

永乐二十二年（1424）七月，朱棣第五次亲征漠北途中病逝于榆木川。八月十五，皇太子朱高炽在北京即位，庙号仁宗。但朱高炽在位仅一年，即于洪熙元年（1425）五月病逝，而此时太子朱瞻基正远在南京监国。

早年燕王朱棣在起兵靖难的过程中，长子朱高炽身体非常不好，长期留守北平，而次子朱高煦常年随朱棣南征北战，立下过汗马功劳，因此朱棣曾动过废长立幼之念。永乐年间，受封汉王的朱高煦一直觊觎太子之位。一次，朱棣命子孙一起到孝陵拜谒明太祖。太子朱高炽因身体肥胖且患有足疾，需要两位太监架着前行，还几次失足跌倒。汉王朱高煦在后面嘲讽道："前人失跌，后人知警！"结果皇太孙朱瞻基在后面应声说："更有后人知警也！"朱高煦回头一看，大惊失色。永乐一朝，太子和汉王两党明争暗斗，终究因为大多数文臣支持太子，以及朱瞻基这个"好圣孙"的存在，才使朱棣没有做出废长立幼的决定。朱高煦也在永乐十五年（1417）因罪行败露，被朱棣强制封藩到山东乐安州（今山东惠民县）。明仁宗朱高炽即位后，朱高煦仍然没有放弃夺取帝位的念头。当他打听到朱高炽病危、召太子自南京返回奔丧的消息后，便密谋派兵在山东沿途伏击朱瞻基，结果因事出仓促，没有成功。

关于朱瞻基从南京赶赴北京登基的经过，据《明实录》和《明史》记载，洪熙元年四月，南京屡次地震，为安抚民心，明仁宗特派皇太子朱瞻基前往南京居守。五月十一，仁宗病危，紧急派遣太监带玺书赴南京召还太子。六月初三，朱瞻基赶到良乡，接受遗诏，入宫发丧。十二日，即皇帝位，大赦天下，以明年为宣德元年。也就是说，从五月十一朱高炽病危，下诏派人到南京召太子回京，到六月初三朱瞻基赶回北京，前后共历时二十二日。南北二京相距两千二百余里，即便按当时最快的急递铺接力的速度，日夜兼程，每日可行进三百里计算，北京的消息送到南京至少需要七天。那么朱瞻基究竟如何用剩下的十五天时间完成了两京之旅？期间经历了哪些曲折？由于相关史料不足，这至今仍是个谜案。著名作家马伯庸曾以此为灵感，创作了历史小说《两京十五日》，描写朱瞻基在一些奇人异士的帮助下，沿大运河日夜兼程、水陆交替，成功躲避汉王的伏兵追杀，险象环生地完成了这一"生死时速"的大运之旅。

明宣宗朱瞻基即位后，汉王朱高煦于宣德元年（1426）八月正式谋反叛乱。朱瞻基在群臣的支持下御驾亲征，在山东乐安州城下，兵不血刃，生擒朱高煦，随后改乐安州为"武定州"。朱高煦回京后被贬为庶人，最终因桀骜不驯被处死。而朱瞻基在位十年间，政通人和，国力强盛，同乃父时期并称"仁宣之治"，他也成为中国古代少有的盛世明君。

2. 明武宗巡游临清

明武宗朱厚照是中国古代有名的"浪荡天子"，自继承皇位以来，便"志在四方"。不但屡次"北征""西巡"至宣府、大同，与蒙古部落短兵相接，还曾借"宁王之叛"的机会，搞了一次"南征"。明武宗"南征"，是明代记录最为完整的一次帝王运河巡游。期间，他数次巡行至山东临清州，前后停留近两个月之久。

正德十四年（1519）六月十四，建藩江西南昌的宁王朱宸濠杀巡抚、兵备等地方大员，起兵造反。叛军沿长江东下，陷南康，克九江，兵峰直指南京。秋七月，朱厚照下诏御驾亲征。不久，宁王叛军在攻打安庆时受阻，南赣巡抚王阳明率兵收复南昌，并于七月二十六在樵舍击败叛军，生擒宁王。八月十七，王阳明写了一封《请止亲征疏》，劝谏皇帝停止"亲征"，并将宁王等叛军俘虏押解进京。朱厚照却将王阳明捷奏隐瞒不发，继续南征，并派心腹太监张永到杭州阻止王阳明北上，接收宁王一行囚徒，运往南京。

八月，南征大军兵发京师，途经涿州、保定，于九月抵达山东临清州。由涿州至此四百里旱路，从临清南下则需乘船走大运河水路。朱厚照对这个运河商业重镇早有耳闻，在临清停留了半个多月，山东地方文武官员纷纷赶来见驾。

朱厚照每日在临清州衙门令地方官大摆宴席，一次宴席准备得比较草率，朱厚照笑着对众人说："你们怎么这样慢待我啊！"竟也没有生气。山东巡抚王珝因年老体衰，献酒时步履蹒跚，被朱厚照多看了几眼。都督神周吓唬王珝"上意不测"。第二天再摆宴席，轮到总河龚弘敬酒时，因担心皇帝将他误认为是王珝，便特意在朱厚照面前自报姓名。武臣江彬在旁厉声呵斥，试图加罪二人，但朱厚照不以为然。当时有个太监黎鉴的家人为官贪赃获罪，黎鉴便打算从当地官府索取些银钱补偿赃款。结果山东巡抚王珝为人刚直，严词拒绝。黎鉴竟用头顶他，二人各不相让，打作一团。事后，黎鉴跑到朱厚照面前告黑状，但朱厚照并未轻信他的一面之词，笑道："这一定是你有求于他，他不肯遂你的愿。巡抚哪敢羞辱你啊？"黎鉴语塞，只得低头退出。

九月二十二，本应从临清启程南下的朱厚照，却突然乘船北返张家湾，接上爱姜刘良女一同返回临清。又在临清游玩了一个月，才再次启程南下。

一日，朱厚照所乘坐的黑龙舟在会通河上突然被撞了一下，朱厚照大惊之余，询问是谁如此大胆。周围的人回禀："是山东布政使姚镆的船。"当初姚镆进京朝见时，朱厚照曾见过此人，对他的一副整齐漂亮的大胡子留有深刻印象，于是笑道："是那个美髯公吗？"竟没再追究。当日姚镆驻扎在驿站中，对白天发生的事情并不知情。第二天有人告知，他才急忙跑到御前请罪。朱厚照却笑着说："偶然碰了一下，有什么关系，你去吧！"可见，这位"浪荡天子"虽然贪玩任性，却也有聪明、宽厚、不拘小节的一面。

十一月初，舟过济宁，六日后抵达徐州。龙舟从徐州顺流而下，朱厚照一路沿河巡游至南京，并在此滞留了二百四十余日。正德十五年（1520）闰八月，宁王朱宸濠及其同党、亲属等数十人被解送南京，举行受俘仪式。四日后，朱厚照从南京龙江登上龙舟，启程北归。

九月初，朱厚照一行抵达淮安清江浦，住在监仓太监张阳的私宅中。期间，朱厚照独自乘坐小舟到运河西岸的一个积水池钓鱼，却不慎翻船溺水，左右从人赶忙将其救出，但朱厚照从此身体抱恙。他又乘坐龙舟沿运河北上，途径东昌，再次抵达临清，住在镇守太监私宅，山东抚按等官都赶来见驾。此时朱厚照已非常虚弱，曾召御医吴杰至临清诊病。朱厚照返京途中，在通州将朱宸濠赐死。回京后，朱厚照便一病不起，于正德十六年（1521）三月十三晚病逝于豹房，享年三十一岁。

3. 康熙南巡祭岱孔

清朝皇帝离京出巡的活动范围大、频率高，东巡陪都盛京

（今辽宁沈阳）、西狩承德避暑山庄、举行"木兰秋狝"、会盟蒙古诸部，都成为其日常政务的一部分。而曾沿大运河"南巡"者，唯有康熙帝爱新觉罗·玄烨和乾隆帝爱新觉罗·弘历祖孙二人。为进一步缓和满、汉民族之间的矛盾，笼络江南百姓，视察河工，康熙帝和乾隆帝各六下江南，并十余次到访山东。其间多次通过大运河巡行，途经德州、临清、聊城、济宁、台儿庄等地，一路巡视地方、游山玩水、驻足赋诗。而祭祀东岳、三孔更是每次巡行山东的重中之重。

康熙二十三年（1684），康熙帝首次南巡。当年九月二十八启程，经德州、东昌等处，十月十七抵达泰安府，登泰山，祭祀东岳。随即又以巡视河工为目的，于十月十八从山东郯城红花铺启驾，在总河靳辅的陪同下，开始首次南巡。十一月初四，从江宁（今南京）返程，途中再次经过山东曲阜，又朝拜阙里孔庙，并派遣亲王致祭元圣周公。

康熙年间，黄河下游屡次决口，漕运不畅。康熙帝亲政后，亲书"三藩""漕运""河工"三幅大字，悬挂于宫中柱上，作为国之大事，时刻自省。因此康熙几次南巡，也都有巡视黄运河工的目的。首次南巡途经济宁时，康熙帝畅游古南池，有感而发，作《阅河堤诗》一首，由河道总督靳辅勒石南池边。其诗云："防河纡旰食，六御出深宫。缓辔求民隐，临流叹俗穷。何年乐稼穑，此日是疏通。已著勤劳意，安澜早奏功。"表达出帝王心系河工、期盼大河安澜的愿望。

康熙二十八年（1689），康熙帝第二次南巡。此行的重点仍是视察河工，兼观览民情、周知吏治，由河臣靳辅、于成龙随行。正月初八启程，至山东德州西关，又经陆路经恩县、临清、高唐等处，到济南游览趵突泉和珍珠泉，随后仍赴泰安拜祭东岳。御制颜子、曾子、子思子、孟子《赞》，立石济宁学宫。视察河道后，由淮安清河县渡过黄河，顺运河南巡江浙。返程走大运河，途经山东济宁、东昌、德州等处。回京后，康熙帝下诏绘制《康熙南巡图》，由"清初画圣"王翚和宫廷画师杨晋等人合作完成，历时近三年。全图共十二卷，总长213米，有人认为这是中国画中最长的画卷。该画原藏清宫，后散佚至世界各地。其中现存的第三卷描绘的是康熙南巡至山东境内的情景，目前收藏于美国纽约大都会博物馆，卷轴上的题签云："《南巡图》第三卷，从济南府经泰安，致礼泰山。"

此后，康熙三十八年 (1699)、四十二年 (1703)、四十四年 (1705) 和四十六年 (1707)，康熙帝又先后四次南巡。常是由水路经德州入山东境，途经临清、聊城、济宁等处，至淮安等处阅示河工，再南下苏、杭、江宁。其间，基本都要到山东泰安祭祀东岳、到曲阜祭拜三孔。沿大运河水路往返途中，多有诗作留念。如途经泇河时，看到韩庄至台儿庄沿线有八座船闸，作《过八闸》，诗云："宛转河形一线通，潴流叠石赖人功。天庾岁岁关飞挽，全在随时启闭中。"充分体现出康熙帝对漕运、河工的重视。

4. 乾隆东巡遍题诗

乾隆皇帝在位期间，曾经效法乃祖康熙帝，先后六次南巡、五次东巡，在山东运河沿线留下了很多足迹。乾隆帝一生酷爱作诗，有人统计，他在位六十余年，共留下四万多首诗。特别是南巡和东巡期间，更是一路题诗，其中有很多对于山东运河及城市景观的描述。

德州号称"九达天衢，神京门户"，是乾隆帝进入山东的第一站。乾隆帝出巡经常乘龙舟自通州、天津沿运河南下，到德州入住行宫。然后舍舟登陆，经东昌、济南等处，陆路幸泰山、诣曲阜，令龙舟到济宁等候。返程时，也到德州登舟，再循水程径返津潞。故乾隆帝曾作《德州行宫三叠旧作韵》，其中有"运河舫命先南上，陆路由兹将启程"之句。乾隆十三年（1748），乾隆帝首次东巡途经德州，作《过运河》云："海运便而险，河运艰而平。舍便宁就艰，计划真老成。疏导想前规，转输达帝京。我来渡浮桥，汹涌闻波声。岸旁柳已绿，渚畔禽争鸣。一派江乡景，谋目恰称情。巨艘列河干，截漕罢长征。酌兹损益道，念彼独芃氓。"就描写了他在德州舍舟登陆，经浮桥过运河时的场景。

乾隆过德州（《乾隆南巡图》局部，现藏于中国国家博物馆）

乾隆帝首次东巡的主要目的是赴曲阜祭孔，赴泰安府登泰山，祭东岳庙和碧霞元君祠。返程时至济南府，游趵突泉、舜庙、历下亭等名胜，御封"天下第一泉"，并赋诗数首。此次随行的皇后富察氏（孝贤纯皇后）在济南感染风寒，身体不适，返程至德州打算登龙舟回京时，竟病逝于舟中，时年三十七岁。乾隆帝悲痛欲绝，由此之故，此后历次南巡或东巡都不再进济南城。乾隆三十年（1765）第四次南巡时过济南而不入，作诗云："四度济南不入城，恐防一入百悲生。春三月莫分偏剧，十七年过恨未平。"在乾隆八十岁之时，第五次东巡山东，也是他第九次路过济南而不入城。作诗云："即今九过济南城，奎韵十全太熟生。历下逝仙恨岂忘？八旬偕老意难平。"可见，济南城虽然没有"大明湖畔的夏雨荷"，但确是乾隆帝痛失挚爱的伤心地。

卫河为天然河道，明清时期引漳入卫，以保障运河有充足水量。而舟船南下过临清后转入会通河，因地势升高，水量不足，主要依靠数十座闸坝节水济运。乾隆三十年（1765），乾隆帝第四次南巡，御舟过临清时，有感而发，连作绝句四首，分别为："南来一水贯城闉，北去三朝川路循。历遍山东五十闸，节宣深计缅前人"；"板闸洪波泻吕梁，云缘蓄水灌溪塘。因思天下本无事，子美诗中道已详"；"卫水西来挟浊漳，汇川北往色微黄。更无关键资宣蓄，顺注乘流直进航"（注：过临清则无闸，直达德州）；"几度溯洄复溯游，通漕实籍古人谋。善经理自足轮挽，冒险何须海运筹"。这些诗句反映出乾隆帝对临清南北运河各自特点的关注和对前人建设时巧思妙想的钦佩之情。

聊城是明清时期东昌府治所，城中央建有一座远近驰名的光岳楼，乾隆帝每次巡行山东，必策马入城、登临光岳楼。第四次南巡到东昌府时，乾隆帝曾留下"运路兹经历，乘舟昔已忱"之句。第三次东巡，作《过东昌府城》，有"御舟舣运河，策马府城过"之句。第五次南巡，作《登光岳楼即事三迭旧作韵》二首，其中有"东南巡狩浙苏区，鹢首归瞻西北隅。暂命行舻舣河岸，遂乘轻辇入城衢"之句。东昌府因乾隆题诗而增光添彩，光岳楼也因帝王登临而被后人称为"乾隆行宫"。

济宁作为会通河枢纽及河道总督衙门驻地，是乾隆帝出巡的重中之重。他每次阅示河工之余，会将所思所感赋诗数首，赠予时任河道总督，作为一种勉励。如乾隆十六年（1751），乾隆帝首次南巡至济宁，作《赐河东河道总督顾琮》，诗云："堤遥工简息洪涛，无事常经智不劳。泉闸湖堤善潴泄，永期转漕济千艘。"第二次东巡济宁，作《赐河东河道总督兼署山东巡抚白钟山》，诗云："治河以卫民，表里本相因。况萃一身钜，其廑万姓辛。宁当营供奉，匪为事游巡。立位官须业，名言昔可循。"第三次南巡到济宁，作《赐河东总河张师载》，云："疏瀹期嘉绩，修防董众寮。讵予惟使过，励汝尚更调。法在遵潘驯，文宁藉鲍昭。鱼台全涸未，举趾待春朝。"第四次南巡，作《赐河东总河李宏》诗，勒石河院署。诗云："南河久董役，北省特抡英。试小将投大，惟明更要诚。固堤绥禹甸，输漕达燕京。咨度久安计，宁徒扈跸行。"

乾隆帝这些诗句虽称不上千古名句，甚至有些"打油诗"

的意味，但多能反映出帝王心系漕运、河工的真情实感，也给山东运河城市增添了一些传奇色彩。

（二）名士风流

1. 杨士奇北行南归

中国古代官员因进京、赴任、出使、还乡等原因，长途旅行非常频繁。尤其在大运河贯通以后，官员出行多利用官府提供的水马驿站，沿运河往返南北。山东作为大运河的中间地带，是南来北往的官员必经之处，加之自身乃孔孟之乡、东岳所在，也吸引各处旅人驻足游览。而古代文人多有写日记的习惯，为我们记录下了大量生动写实的运河见闻。

永乐十二年（1414），明成祖朱棣北征蒙古，太子朱高炽留守南京监国。朱棣次子、汉王朱高煦随驾扈从，他时刻觊觎储君之位，故常在朱棣身边进谮言诬告太子。朱棣大胜返回北京时，太子派人迎驾迟缓，奏书中又有一些不当言论，引起朱棣震怒，归罪于东宫辅导官员，于是下令将杨士奇等东宫僚属逮捕到北京问罪。

同年八月三十晚，逮捕杨士奇等人的圣旨抵达南京。九月初一，吏部尚书蹇义、右春坊大学士黄淮、司经局正金问和时任左春坊左谕德兼翰林院侍讲的杨士奇一道奉旨解职。随后，几人在鹿百户等锦衣卫的押解之下启程北上。当时大运河在工部尚书宋礼、平江伯陈瑄等人的疏浚下刚刚恢复畅通，因此杨士奇等人基本是乘船沿大运河北行。

经过近一个月的日夜兼程，杨士奇一行人于九月三十下午抵达通州张家湾。随后舍舟登陆，于闰九月初二抵达北京。九月初三一早，入见永乐皇帝。黄淮、金问都被下锦衣狱，唯独释放并赦免了杨士奇。当日中午，朱棣在又单独召见了杨士奇，询问太子犯错之事。杨士奇顿首回禀道："太子仍然和以前一样孝顺您。这次迎驾迟误的事，都是微臣等人的罪过！"朱棣听后非常满意。但第二天上朝时，六部、都察院、大理寺、通政司及十二道监察御史又交章劾奏杨士奇之罪，认为应该按国法惩治，不可单独宽宥，于是杨士奇又被逮捕入狱。直到十月二十五，杨士奇等人才被赦免释放，官复原职，仍令其返回南京。杨士奇用其智慧和忠诚，成功化解了这次仕途危机，也帮朱高炽保住了太子之位。此次北行，杨士奇是因罪被押解入京，行程比较紧凑。事后，杨士奇将此次赴京的每日行程、途经地点和相关经历加以记录，题名为《北京纪行录》。

杨士奇的第二次运河之行发生在正统四年（1439）。二月初九，身为顾命大臣、内阁大学士的杨士奇，以年老多病为由，上疏请求致仕。明英宗朱祁镇极力挽留，拒绝其请求，但批准他还乡扫墓，并派宦官专门护送他南行。明英宗传旨给兵部，杨士奇一行往返沿途要供给饮食，水路拨给驿船、递运船，陆路供给驿马、运载车，随从人员也都拨给行粮脚力费用。杨士奇于二月十八从北京启程，先陆行抵达通州张家湾，再乘船沿大运河一路南下。

　　这次运河之行不同以往，杨士奇身为五朝元老、内阁首辅大学士，又由朝廷钦差太监护送出行，有荣归故里之意。沿途所经之地，当地官员、亲朋故友都来拜访，或汇报地方民情，或馈赠果蔬时鲜，也多有诗酒唱和的闲情逸致。此外，杨士奇对大运河沿途情况也多有留意。如自通州通津驿上船后，经金菱湾至张家湾、河西务，沿途冰冻初解，流沙横溃，行船经常搁浅。由临清进入会通河后，杨士奇对沿途所过之闸都有记录，如过仲家浅闸时记载，"自济宁至此凡度十闸"；过沛县皮沟闸后记载，"盖过闸始于临清，止于皮沟云"。

　　到闰二月十二渡过长江，杨士奇抵达南京，随后又沿长江一路西行，同月二十九抵达江西泰和老家，拜祭祖先墓和家祠。四月，启程沿原路北上，四月十八抵达南京，随后渡江再次进入大运河。返程途中，从淮安清河以北至山东会通河之间，河道浅涩难行，每行一里就有数次搁浅。可知，这一年自江北至京师开春后一直没有大规模降雨，出现了较为严重的旱灾。回京后，杨士奇将此次往返旅行的见闻加以记录，名为《南归纪行录》。

2. 李东阳南下祭孔

　　山东曲阜作为孔子故里，受到历代统治者的重视。明清时期，除了皇帝出巡山东必至曲阜祭孔外，也会派遣重臣代表朝廷到曲阜主持或参与祭拜活动。他们沿运河南下北上，也肩负着了解民间疾苦、充当朝廷耳目的责任。

大明弘治十七年（1504）四至五月，时任内阁大学士的李东阳奉敕到山东曲阜祭告重修完工的"阙里"孔庙，并代表朝廷颁立御制碑。李东阳将此次沿运河往返北京与山东的经历以日记的形式加以记录，汇编为《纪行杂志》，详细介绍了每日行程、途经地点、会见官员和主要活动。

弘治十七年（1504）四月二十四李东阳离京启程，六日后乘驿车抵达通州张家湾，时任山东巡抚徐源特意派舟船迎接。自此开始，李东阳乘船沿运河一路南下，沿途各地官员先后前来拜访，漕运总督张缙、都督郭鋐甚至派人从淮安赶到德州拜见。

在临清、聊城等地，李东阳游览了著名景观，并同当地官员、文人诗酒畅达，写下了《鳌头矶》《雨泊周家店》等诗。其中《鳌头矶》诗云：

> 十里人家两岸分，层楼高栋入青云。
> 官船贾舶纷纷过，击鼓鸣锣处处闻。
>
> 折岸惊流此地回，涛声日夜响春雷。
> 城中烟火千家集，江上帆樯万斛来。

鳌头矶（郑民德摄）

诗歌描绘出明代中期临清这个北方大运河上的重要商业城市"繁华压两京，富庶甲齐郡"的繁荣景象。

144

经过阳谷县张秋镇时，李东阳特意登上减水石坝，参观了前几年由他奉敕撰写的碑记石刻。回想起弘治初年名臣刘大夏张秋治水、修太行堤治黄保运的旧事，李东阳不禁触景生情，有感而发。他赋诗一首，曰《过安平镇怀治河刘司马》，其中有云：

> 丰功伟绩不可以数计，此乃余力非末强。
> 忆昔文皇建都向燕蓟，中导汶泗通漕纲。
> 尚书朱公富经略，世上但识陈恭襄。
> 武功何人亦奇士，盛以勋绩为文章。
> 四十余年复一决，嗟此之绩安可忘。
> 帝命儒臣分书刻金石，此记正属臣东阳。
> 使船东来一登眺，风日飒爽炎天凉。
> 是时台臣入兵省，我在江湖思庙廊。
> 但愿此冈不堕河不徙，纵有带砺无沧桑。

李东阳的这首长诗充分表现出大运河漕运对国家和社会的重要性，歌颂了永乐年间的工部尚书宋礼、景泰年间的武功伯徐有贞、弘治初年的总河刘大夏等几代治河名臣，以及他们呕心沥血、治黄保运的壮举。

随后，李东阳继续沿河南下，当夜住宿在东平州安山驿。因当年南旺湖水浅不足以济运，运船都停泊堵塞在此不能前进，于是临时决定舍舟陆行。接下来李东阳一路乘驿车过东平州新桥驿，经汶上县过新嘉驿，途经济宁，抵达兖州府，朝拜了鲁王。次日抵达曲阜阙里，随后在衍圣公及孔、颜、孟三姓子孙的导引，以及巡抚、巡按等地方官员的陪同下，李东阳接连拜谒孔庙、颜子庙、孟子庙、周公庙等处，并游历当地山水。五月初一，李东阳正式代表朝廷拜谒重新修成的孔庙，与地方官商议修《阙里志》事宜，并参观了刚刚树立起来的御制碑。

事毕后数日，李东阳启程沿原路北返，途经济宁州抵达汶上县。因天旱无雨，到这里汶水才加深到一尺许，于是改乘船沿运河北行，当夜至开河驿住宿。随后又经安山驿、安平镇，过东昌、临清，至渡口驿，过故城，经德州、良店驿、连窝驿，过兴济县流河驿、静海县、天津卫。当时天旱严重，水陆兼程，一直到丁字沽始得水。又经杨村驿，过河西务、潞县抵达张家湾，壬子日抵达通州。过深沟后，于当日抵京，宿于西朝房，全程往返共计四十七日。

回朝后，他将此行沿途见闻上奏朝廷。其中特别提到，在山东运河临清、张秋等处，盗贼纵横、杀人劫财。一些游手好闲之徒，打着"皇亲"的名目，附搭盐船，声言各处码头，起盖店房、网罗商税，使得商贾惊疑不定。还有织造内官纵使群小，拷打闸河官吏，赶捉买卖居民，这些都是他亲眼所见。他希望朝廷痛加修省，革除弊政。又以身为内阁辅臣难辞其咎为由，上疏自弹，请求罢官。弘治帝拒绝了李东阳的辞呈，并下诏予以嘉奖，责令相关部门对李东阳反映的情况认真研究，加以解决。

3. 谈迁北游过东省

明清时期，除帝王将相和官员举子外，普通文人也往往借大运河水路交通之便出行南北。他们的目的地虽各不相同，但多少都会为这段难忘的经历留下些诗文笔墨，使他们的运河之旅为后人所知。其中，在明末清初的浙江嘉兴，有一位叫谈迁的穷秀才，在自己的晚年开始了人生唯一的一次大运之旅。

大明天启元年（1621），二十九岁的谈迁因母亲去世在家守孝。闲暇之时，他得到了一部陈建编撰的《皇明通纪》，便仔细阅读起来。不料越读越生气，因为他发现书中记载之事有很多错误，见解也比较肤浅。于是，谈迁便下定决心编写一部翔实可信的明史。

谈迁家境贫寒，藏书有限。不过当时江南士人大都喜好藏书，特别是几位当过大学士的官员，家中藏有非常珍贵的抄本《明实录》。于是谈迁就到处托人情、拉关系，经常跑一百多里路，带着铺盖伙食到他们家中抄写史料。经过二十多年的细心考订编排，六易其稿，谈迁才终于把这部五百多万字的编年体明史写成，定书名为《国榷》。

当时出书要刻版印刷，需要不少花费，谈迁没钱出版，只得先把书稿藏在家里。结果不想家中招贼，书稿居然被人偷走了，谈迁一生的心血几乎付之东流。如此沉重的打击，令谈迁伤心欲绝。不过在大哭一场之后，他还是下定决心从头写起。

于是，这位五十多岁的老人重新背起雨伞、包袱、干粮和纸笔，到处向官僚大家借书抄书，重新编写。就这样，又过了四年，在他六十岁时，终于再次完成了《国権》的初稿。

为了进一步补充完善《国権》，谈迁一直梦想能找机会到北京去拜访前朝旧臣，寻找可信的资料。谈迁平时的职业是官僚的幕友或塾师，在明末清初江南籍官僚圈子中小有名气。清顺治十年（1653），义乌籍官员朱之锡正好要进京做弘文院编修，便聘请谈迁做记室，随他一同进京。谈迁多年来的愿望得以实现，他随朱之锡一行自嘉兴坐船沿运河北上进京，在北京朱家住了两年半。除了替朱之锡做些文墨工作以外，他全力搜集史料、访问相关人物，补充和纠正《国権》。顺治十三年（1656）二月，他又乘舟沿大运河返回故里。谈迁将往返北京期间的经历和见闻，以及这一期间所作诗文编成《北游录》一书，其中包含大量对于运河见闻的记载。

水闸是运河上的重要设施，主要用于控制和调节水量以保证通航。明代山东段运河因设闸较多，被称为"闸漕"。谈迁对沿途经过的水闸一一加以记载，并注意记录里程。运河航行途中经常遇到因为闸浅而无法通过的情形，一次行驶到距离临清只有十里的地方，因为水浅，滞留的船只很多，谈迁一行只好暂时停泊在真武庙等候。

明清时期的河政、漕政等管理体制非常完备，形成了独特的管理制度。明清两代不仅有严格的启闭闸制度，而且建立了一定的过闸制度。据谈迁观察，官船与民船若同一时间过闸，前者有优先过闸的权利；若遇到关闭的闸门，官船还可享受开闸放行的特权。此外，在清代初年，除了官船享有优先过闸的权利外，持有"让行牌"的船只也可先行过闸。他还特别提到运河沿线的浒墅（今属苏州）、扬州、淮安、临清、河西务等处设立的钞关，这些是明清时期朝廷在运河沿线重要城镇设立的征税机关，主要对过往的民间商船收税。比如在临清关，"有茶若干筐，列岸三日夜，榷吏未检阅，毋敢室也。客露寝以待。"这一记载反映出当时榷司胥吏勒索扰商的现象。

此外，谈迁还在北上途中有感而发，创作了大量诗歌。如到微山湖畔的运河重镇夏镇时，他祭拜了明中期开凿南阳新河的工部尚书朱衡之祠，赋诗云："输挽新渠仅五朝，百年蘋藻渐萧条。玄圭待锡平成日，夏镇依稀夏禹遥。"到南旺分水龙王庙旁祭拜了明初重开会通河的工部尚书宋礼之祠，有诗云："思公秉撬日，未必出玄符。力为拯昏垫，神尝寄舳舻。祖龙沉璧幻，白马祭河殊。一代功谁并，忧深大禹谟。"到临清时，谈迁感叹这座商业名城的繁华，作诗云："清源旧全盛，鼓瑟更吹竽。奇货多阳翟，名娼竟小苏。"

这些诗歌绝大部分与运河有着密切联系，作者感怀古迹名胜、咏怀治河名臣、题咏沿线城镇、反映民生疾苦，记录下了清初山东运河沿线的风情面貌。

4. 包世臣《闸河日记》

清朝嘉庆、道光年间，各种社会危机日益凸显，尤其是黄河中下游日渐淤高，决口之险加剧，漕运困难。一些有识之士力主漕运改革，行漕粮海运之法。他们皓首穷经，在历史文献中钻研治运之道的同时，也借出行之机，实地考察各处运河利病，倡导知行合一、经世致用之学。

山东会通河段因闸坝众多，被称为"闸河"或"闸漕"。道光九年 (1829) 六月，安徽泾县人包世臣在返乡途中，由当时山东东昌府下辖的馆陶县 (今属河北邯郸市) 登舟，沿卫河经临清进入会通河南返，由台庄闸经黄林庄入江苏邳州境，在山东停留了十二天。包世臣生平喜好经世之学，对漕运、河工、水利、盐法多有钻研。他此前南来北往十次，但从未经行闸河，只是从图籍记载中对山东运河略有了解，一直苦于不能亲身感受，故此行也算弥补了缺憾。包世臣将沿途见闻写入《闸河日记》，不但详细记载了山东运河沿线的闸坝和水利设施、漕粮运输情况，还对沿途地方吏治、城镇经济和风土民情多有反映，生动再现了清中期山东运河的风情面貌。

包世臣途经阳谷县时，听当地人讲述了一个明初贪官的故事，大有改编版《金瓶梅》的意味："明初有阳谷知县武姓者，甚贪虐。有二妻，一潘一金，俱助夫娄索。西门有庆大户，尤被其毒。民人切齿，呼之为武皮匠，言其剥割也。又呼为卖饼大郎，言其于小民口边求利也。"此故事借古讽今，对那些贪赃枉法、中饱私囊的官员进行了严厉批判。

对沿途所见清正廉洁的官员，包世臣亦大加赞扬："初九日辛未，开船行八里，至土桥闸。十二里至梁乡闸，湖南帮接连过闸。舣舟候至午刻，尾船始尽，俗谓之大扳艄。漕帅朱公押尾船，朱公清操过人，仆从起居至简易。漕委随员座舰前任已派定者，公皆不变易，然节制之，使不得借公事以讹索丁柁。

遇脱空不发令催提，而船行自速，可谓握要而事理者也"。在途经开河闸时，包世臣与当地纤夫和居民谈论其好友、徐州总兵裘安邦，对裘安邦洁身自好、勤政爱民的高尚品德给予高度评价。"然予见文武职官无不切齿诋毁古愚者，是故民之所誉，官之所毁；官之所毁，民之所誉也。官民之毁誉相反如此，司进退人才之柄者良不易矣。"

包世臣对山东运河沿岸的风土民情亦作了详细描述。在途经东昌府时，听说堂邑县有一种草，名叫"气不忿"，又名"公道人"。这种草被种植在田间地头作为各家的界址，如果有人企图私占邻家田地，草就会反向自家田垄间疯长，根脉茂密，难以除掉。只有堂邑与冠县有这种草，因此二县几乎没有田土纠纷。包世臣在岸边散步时，经当地人指点，看到田头长着这种草，形状有点像枸杞，只是叶背生有芒刺。包世臣感慨万千："如果全国的田间都种上这种草，那民间诉讼就会平息，百姓也可以和睦共处了！"

行至阳谷县阿城镇时，包世臣还对古今闻名的东阿阿胶加以记录。阿城镇位于运河东岸，因地近古东阿城遗址而名。明清时期，阿城扼南北水运之咽喉，处东西陆路交通之要津，士商云集，工商业得到较快发展，出现了长达数百年的昌盛和繁荣。阿城地处东阿、阳谷交界，当地盛产阿胶。包世臣记载："十八里至阿城下闸。又二里至上闸。闸东阛阓甚盛，土产阿胶。河西三里许有角大寺，寺后百余步即阿井。井宽三尺许，深四、五尺，色深黑，出井即清澈，饮之令人坠重，止中煎胶。土性沙松，甃砖不数年即坏，近唯土围，出水颇涩。阿城，古甄治，陈王墓在焉。今属阳谷，唯阿井周围百步属东阿，故东阿有贡胶役，而土人颂之曰：东有二宝，东阿驴胶、阳谷虎皮。虎皮今藏阳谷库，土人传为武松所打死于景阳冈者也。"

5. 翁同龢闸河见闻

　　晚清咸丰五年（1855），黄河于河南铜瓦厢决口北溢，滚滚黄水直至山东利津入海，完成历史上的又一次大改道。会通河在山东张秋镇被黄河拦腰截断，河道淤塞，漕运梗阻。由于治水不利，加上太平军北伐、捻军起义，山东运河沿线地区灾荒连年，不复当年盛况。同治七年（1868），时任詹事府右春坊右庶子的晚清名臣翁同龢，因妻子去世，向朝廷请假三个月，沿大运河归家葬亲。翁同龢有写日记的习惯，他将这次南下途经山东运河的每日见闻，都做了详细记录。

　　八月初三，翁同龢一行从通州乘船启程。八月十四，至桑园镇进入山东段运河。中秋节至德州，前行至四女寺、故城县，经三个大河湾至郑家口。在他的记载中，郑家口镇异常繁盛，是运河沿岸的一处大镇店，两岸皆有人家。在郑家口，有南来船只称张秋无水，闸河水数寸；又至甲马营，人家不多，但河道多弯曲；至武城县，舟行艰难，因而委托当地官员代雇纤夫，然而不能如愿。

　　八月十九，翁同龢一行到达武城县时，遇到山东巡抚丁宝桢派人来接，信中称张秋无水，可由临清行旱路至张秋。于是继续行船，先到渡口驿，再至油坊镇。这里的运河西岸有敌楼，高数丈的就有好几处，如同城堡一般，临河房屋有一里，人烟辐辏。船只逆行，由于沿河多滩涂，经常搁浅。临清州派人前来迎接，船只快到临清时，见有九层舍利塔立于河岸，而庙宇则破败不堪。因临清州城以北为漳、卫两河，水量充沛，尚能行船；而临清州城以南为闸河（会通河），黄河改道后淤塞严重，几乎不能行船。只能从临清陆行，再雇车前进至清平县戴家湾、魏家湾。八月三十，翁同龢一行赶到东昌府，知府程小泉率众来拜。程小泉是翁同龢的江苏老乡，号称"山东第一能吏"，一见面即言张秋船少，拟先遣人到阳谷县预定雇船。次日进东昌府城，只见城中街市低洼，到处都是淤泥。

自东昌府重新启程，行至七级镇运河西岸，翁同龢委托阳谷县令至张秋找到太平船四只，准备渡过黄河。至张秋镇时，阳谷、寿张两县县令与当地驻军设宴相迎，并送其至河岸渡黄河决

黄河穿运河图（胡克诚摄）

运处。这里沙渚弯曲，但是水很浅，只有一尺六寸深，幸亏船只轻便不需牵挽。船至戴家庙，水变得清澈，这是接近汶河的原因。随后过安山闸、靳家口，到达汶上县南旺镇分水龙王庙。汶水自东而来，进入运河后，三分往北，七分往南。龙王庙正对着运河，门额上书"左右逢源"四字。这里的河道较浅，约一尺左右，所幸轻舟得过。船行至济宁州，过数闸停泊于州城南门外，济宁知州王锡麟、运河道王化堂等驻济文武官员都来拜见。

济宁往南的运河两岸是南阳、独山、昭阳、微山四湖。九月初一，运河上无风难行，多亏皖南镇总兵潘鼎立派来三艘炮艇护航，令每艘炮艇牵引一艘客船前行。次日，翁同龢在炮艇护送下过马家口，至满家口泊。只见两湖夹堤，四望全都是水，荷花莲藕遍布水中，百姓如同蛙龟一般，房屋都被水冲毁，数十里都是如此。船在闸河里依靠拉纤行进，经大王庙至夏镇，进入微山湖。微山湖在运河西，一望无际，东接群山。又至韩庄镇，该地为著名运河码头，因遭贼寇破坏之故，房屋损坏很多。韩庄向东，经迦河，过八闸抵台儿庄，以下河道逐渐宽阔，进入江苏段运河。

历经两个月的艰难航程，翁同龢一行于当年十月初回到常熟故里。在家料理完丧事后，翁同龢于十月十三启程，再沿大运河北上，抵达淮安清江浦后改走陆路，经山东回到京城。这次往返沿途见闻，翁同龢在日记中多有记载，让我们能够了解到晚清黄河改道、运河梗阻后山东运河沿线的真实情况。

（三）外使来朝

1. 苏禄国东王赐葬德州

明朝初年，中国与菲律宾群岛南部的古苏禄国之间友好往来，曾互派使节十余次，交往日益密切。特别是永乐年间，郑和下西洋多次到访苏禄等国，极大增强了中国对东南亚地区的影响。而在明朝历史上，曾有一位苏禄国王将自己和后裔永远留在了中国北方运河名城德州。

永乐十五年（1417），苏禄东国首领巴都葛叭答剌、西国首领麻哈剌吒葛剌麻丁、峒国首领巴都葛叭剌卜各率其属下及随从头目，共计三百四十余人，远渡重洋，来中国朝贡。当年七月，一行人抵达福建泉州，随即沿海北上，由吴淞江口进入，经浏河抵达南京应天府龙江驿。明成祖朱棣派专使与南京官员在会同馆为苏禄国使团接风洗尘，随后在专使护送下，使团沿京杭大运河一路北上，于八月中旬抵达北京。

明成祖朱棣在奉天殿举行了隆重的会见仪式，苏禄国三位首领奉金缕表觐见永乐帝，并献上珍珠、宝石、玳瑁等名贵贡物。随后，明廷册封苏禄东国首领巴都葛叭答剌为苏禄国东王、西国首领麻哈剌吒葛剌麻丁为苏禄国西王、峒国首领巴都葛叭剌卜为苏禄国峒王，赐诰命及袭衣、冠服、印章、鞍马、仪仗，随从头目三百余人也都赏赐了冠带、金织、文绮、袭衣等物。苏禄国东王等一行在北京共停留了二十七日，八月底向永乐帝辞行，朱棣又给每人赏赐金相玉带一条、黄金一百两、白金两千两、罗锦文绮二百匹、绢三百匹、钞一万锭、钱三千贯、金绣蟒龙衣和麒麟衣各一袭，其随从头目也都赏赐了文绮、彩绢、钱钞等钱物。随即派官员护送苏禄国使团返程。

苏禄国使团一行人于九月初从北京出发，先行陆路至通州上船，然后沿大运河南下，经天津、静海、沧州、泊头镇，一路南行至山东德州境内的安德驿。不料苏禄国东王身染急病，不幸于九月十三病逝。讣闻传回北京后，朱棣非常悲痛，立刻派遣官员至德州治丧，赐予隆重的祭典，赐谥号恭定，并命令地方官营建坟墓，以亲王之礼厚葬，命地方官府每年春秋两次祭祀东王。朱棣亲自撰写了神道碑文，树立在墓道中央。随后，派遣使者带着敕谕给东王长子都麻含，命其回国继任苏禄国东王。此外，按照中国传统儒家礼仪，命东王妃葛木宁、次子安都鲁、三子温哈喇及仆从共计十人留在德州，为东王守墓三年。

苏禄国东王墓（胡克诚摄）

苏禄国东王妃葛木宁直到六年后的永乐二十一年（1423）才回国，随后又于次年返回中国，从此与两位王子一直生活在德州，死后也都葬在了苏禄王墓前。明廷尊重苏禄国的伊斯兰教信仰，特别从济南历城迁来夏、马、陈三姓回族人民，照顾王子等人起居。万历年间，为举行宗教活动之便，苏禄王后裔与当地回族人民在苏禄国东王墓西南侧共同修建清真寺一座。

苏禄王后裔在德州不断繁衍生息，到清雍正十一年（1733），经朝廷批准，允许两位王子的后裔分别以"安""温"为姓，正式加入中国国籍。德州也逐渐形成了以苏禄王墓园和清真寺为中心的著名回族村落——北营村。温、安、夏、马、陈五姓，就是北营村最早的居民。

2. 崔溥临清遇"故知"

明朝时，中国与朝鲜联系密切，往来频繁。一般来说，李氏朝鲜王国的贡使会经辽东沿陆路到北京朝贡。不过在某些特殊情况下，部分朝鲜人也会乘船漂洋过海而来，甚至还有极少数人有机会沿大运河领略大明风光。

崔溥（1454—1504），字渊渊，号锦南，朝鲜全罗道罗州人，进士，被任命为推刷敬差官往济州赴任。明弘治元年（1488，朝鲜成宗十九年）闰正月初三，崔溥因其父病逝，渡海返乡奔丧。所乘船只不幸遭遇风暴，与同船四十二人在海上漂流十四天，最终在中国浙江台州府临海县界登陆获救。随后，崔溥等人由明朝官员护送，自台州走陆路经宁波、绍兴至杭州，再沿京杭大运河行水路北返。

崔溥有深厚的汉文化素养，他每到一地，对所见事、地、人、物皆留心观察，详细记录。他对华北最大的商品传输中心临清印象深刻，称"楼台之密，货财之富，船舶之集，虽不及苏杭，亦甲于山东，名于天下矣"。

崔溥在临清期间，遇到了陈玘、王钻、张景、张升、王用、何玉、刘杰六位在此经商贩卖的辽东商人。双方虽然是第一次见面，但因辽东紧邻朝鲜，在旅途中相遇，竟有些"他乡遇故知"的亲切感。陈玘热情地对崔溥说："我们辽东城跟贵国是邻居，义同一家。今日有幸在旅途之中相遇，是一种缘分。这有些薄礼，不成敬意！"当即赠送给崔溥等人清酒三壶、糖饧一盘、豆腐一盘、大饼一盘。崔溥也非常激动，拉着几人的手说："如今我苟延残喘，经历了九死一生，漂泊到万里之外，周围没有相识之人。今天有幸遇到各位，又收到如此丰厚的馈赠，就如同见到一家骨肉般亲切啊！"陈玘又说道："我是今年正月启程，二月初到此地，四月上旬才返回辽东，咱们恐怕不能再相见了。您如果先经过我们辽东城，请一定到安定门内，打听一个叫陈瀛的儒学生，那是我的儿子。劳烦您帮我传个消息，报个平安！"双方相谈甚欢，惜别而去。

崔溥一行在大运河上历经四十四天后抵达北京，再由北京走陆路至鸭绿江返回朝鲜。他也由此成为明代走完京杭大运河全程的第一个朝鲜人。崔溥回国后，遵朝鲜国王之命，用汉文以日记体编撰了自己在中国的经历，名为《漂海录》，内容涉及明朝弘治初年政治、军事、经济、文化、交通，以及市井风情等多方面的情况，是研究两国关系及明朝大运河风情的重要历史文献。

3. 策彦周良慕太白

在明代，中日之间的官方往来，是通过"朝贡贸易"的形式进行的。因为东南沿海的倭寇长期侵扰，从明太祖朱元璋时期就有意限制双方往来，规定日本方面"十年一贡"。其中，嘉靖十九年（1540）和二十八年（1549），日本战国时代临济宗梦窗派僧人策彦周良（1501—1579）先后作为朝贡副使和正使，两次出使大明，并沿大运河往返于宁波和北京。回国后，策彦周良写下《初渡集》和《再渡集》，详细记录了两次出使大明的经历和见闻。

策彦周良两次入明，都是按规定从宁波登陆，乘船北上，经余姚、绍兴、萧山等处，渡过钱塘江抵达杭州，转入京杭大运河北上。经嘉兴、苏州、常州抵达镇江，渡过长江后再进入大运河，经扬州、淮安、徐州、济宁、聊城、天津等处，到通州登陆，再陆行抵达北京。他详细记录了此次由宁波至北京的朝贡线路，包括途经的六十一个驿站的运转情况，以及大运河交通状况。对朝贡使团在各驿站停留的时间、获取廪给、各驿站间的距离、所使用的交通工具和交通状况，乃至各驿站的外观都有记载。

此外，他还趁此机会参观运河两岸的名刹古寺，并将堂宇上的榜额对联一一抄写下来，留下了许多宝贵的历史资料。

唐代著名诗人李白曾于三十五岁以后离开长安，流寓山东任城（今山东济宁）。直到天宝元年（742）应诏入京，任供奉翰林。李白在任城的几年，正是他郁郁不得志、穷困潦倒的时期，因而当时他常去城南的一座酒楼借酒浇愁。后来，该酒楼也因"诗仙"的光临而名声大噪，成为济宁城内最著名的一处人文景观——太白楼。李白的盛名伴随盛唐气象一起漂洋过海，在日本声名远播，李白也成为日本历代文人敬仰的偶像。因此，策彦周良两次入明、几次途经山东济宁时，都特意到济宁城内寻访太白楼。

第一次入明时，策彦周良在嘉靖十九年(1540)正月二十抵达济宁南城水马驿站。次日一上岸，他就迫不及待地直奔太白楼。太白楼在当时济宁城南门内，城上有一个小门，门楣上揭"谪仙楼"三个大字。进入此门，走几步就会看见一座高楼朝南而立，高悬一匾额，上书"太白楼"三个大字。楼上有李太白的画像，像上仍有一匾额，内书"意不在酒"四个字。旁边墙上还有一块诗板，上面是嘉靖十五年（1536）曾任河道总督的澧州人李如圭所写的两首五言律诗。此外，楼中还有"壮观"两个大字，据说是李白当年亲笔书写的，落款有"太白"二字。策彦周良等人自楼上眺望，看到附近有一孔清澈的泉水，推测那就是所谓的"浣笔泉"——传说此泉因李白当年寓居任城时曾在此洗笔而得名。

正月二十二沐浴更衣后，策彦周良等人意犹未尽，第二次登上太白楼。极目远望，感慨不能同家乡的好友一起分享这时的雅兴。在缅怀李白之余，策彦周良也吟赋《登太白楼》绝句二首，其一云："流水绕城城绕流，李公此地昔曾游。有何面目对遗像，不酒不诗空倚楼。"其二云："夜郎京洛雨茫茫，醉里乾坤到处乡。纵倒银河酿为酒，终当不满翰林肠。"表现出他对这位中国著名诗人的尊敬与景仰。

第一次入明返程再次途经济宁时，策彦周良等人又一次登太白楼。嘉靖二十八年(1549)九月第二次入明，归途中经济宁时，策彦周良第四次登太白楼。这次他发现楼上有一幅李白醉像，其左侧还有李白挚友贺知章像。有感于此，策彦周良吟诗曰："知章太白友非常，身后并成鸥鹭行。人影月前迎此客，夜宴两酌乐何央。"充分表达出作者对中国文人之间真挚友情的叹服和对中国诗文的热爱。

4. 利玛窦舟行山东

明清时期，西方传教士前往中国传教的活动异常活跃。他们主要来自西班牙、葡萄牙、意大利、法国、德国等国家，多达五十余人。其中最为著名的是意大利传教士利玛窦，他的山东运河之行颇为曲折。

万历十一年（1583），利玛窦经澳门进入中国内地，先后在肇庆、韶州、南昌、南京等地传教。万历二十六年（1598），利玛窦自南京乘船启程，沿大运河北上进京朝觐万历皇帝，以图发展传教事业。在这次颇为曲折的运河旅途中，利玛窦将所见所闻写入《利玛窦中国札记》一书。

利玛窦行抵山东运河重镇济宁时，经老友李贽引荐，拜访了河道总督刘东星。刘东星设宴热情款待了利玛窦，席间对利玛窦说："教士啊，此去北京路途遥远，且大运河上关节甚多，行走艰难，可能会遇到许多意想不到的事。本官再书一信与你，行走起来可能会方便些。"利玛窦非常高兴，说道："感谢总督！我从南京过来时，一路顺畅。大运河实在是美极了，是世界奇迹啊！"但刘东星又给了他一个忠告："济宁以南的运河面宽水丰，堰闸甚少，关节也就少，行走自然方便。但从济宁向北，特别是走到山东境内的会通河，这里是整条运河地势最高的河段，需要完全依靠人工闸翻越过去，加上水源金贵，航行就很难了。各闸由人管理，五花八门的状况也就多啦……"

拜谢刘总督后，利玛窦登船继续北上。不出刘东星所料，利玛窦到达临清州时遇到了大麻烦,这次连刘总督的信也派不上用场了。

临清位于会通河与卫运河交汇处,是华北地区的商业重镇。利玛窦经过临清时,正逢万历皇帝派遣亲信太监到全国重要商业城市做矿监税使,以助他搜刮钱财。时任天津税监马堂兼任临清税监,因横征暴敛,引起了"临清民变",是个"雁过拔毛"的狠角色。当马堂得知利玛窦进京带着价值连城的贡品后,顿生歹意,立即派人通知利玛窦要检查贡物。

临清运河钞关(郑民德摄)

当时利玛窦处境十分危险,好在在广东肇庆结识了时任临清兵备道钟万禄,他抢在马堂之前把利玛窦接回自己家里保护起来。马堂见状亲自拜访利玛窦,称保证可以帮助利玛窦把贡物交给皇帝,并提出将贡物搬到自己家里以便照看,但被利玛窦婉言谢绝。当时,临清的很多地方官也纷纷前来拜访利玛窦,间接遏制了马堂的贪婪之心。马堂见明抢暗夺无法奏效,便假惺惺地为利玛窦准备了丰盛的宴席款待。

宴会后,利玛窦正准备离开,马堂将自己写好的上奏皇帝的报告拿出来让客人过目。报告的大意是:外国人利玛窦准备向大明皇帝献礼,但是临清码头船只过多不安全,所以要把他送到天津并在那里等待答复。看过这一报告后,利玛窦轻信了马堂。当年八月,利玛窦一行赶赴天津。同时,马堂的奏疏也被送往了北京。万历皇帝御批：查明所有贡物，悉数报上。当时利玛窦进贡的物品有时画天主圣像一幅、古画天主圣母像一幅、时画天主圣母圣像一幅、天主经一部、万国图一册、自鸣钟大小两架、映五彩玻璃石二方、大西洋琴一张，等等。

后来，马堂也乘船到了天津，见到等候圣旨的利玛窦之后，马上露出了贪婪的嘴脸：他一边扣下贡物，大胆地把部分贡物偷偷运往自己的府邸，一边把利玛窦一行软禁在一座寺庙里。受困天津的利玛窦真是"叫天天不应，叫地地不灵"。

直到万历二十八年 (1601) 的一天，长居禁中的万历皇帝突然想起一份奏稿中提及的自鸣钟，下诏命利玛窦入京并尽快将贡品送入宫中。当年十二月，在天津苦等了一年多的利玛窦终于获准进京。万历皇帝见到贡品后，以其制作精巧、玲珑新奇，爱之莫甚。特将油画挂于宫中，将自鸣钟置于园内特建的亭中。因爱屋及乌，万历皇帝对利玛窦也待如上宾。从此，利玛窦便在京师重地落下了脚。

利玛窦在华期间，同朝廷重臣徐光启等人结下了深厚友谊。在传教之余，他也将当时西方先进的天文、历法、地理、数学等自然科学知识传到中国，为东西方思想文化的交流贡献了力量。

5. 荷兰使者访齐鲁

新航路开辟之后，荷兰凭借先进的航海技术和成熟的贸易体系，很快在大航海时代脱颖而出，成为著名的"海上马车夫"。

在清顺治十二年（1655），荷兰第一次派遣使团访问中国。当时有一位叫约翰·尼霍夫荷兰旅行家，曾为荷兰的东印度公司工作，他作为管事参与了这次荷兰使团的中国之行。约翰·尼霍夫对沿途所经之地的风景、地貌、河川、城墙、寺庙、宝塔和奇特的建筑物等都做了详细观察与记录，其中包含不少对山东段运河的记述。

大运河的贯通使得山东运河沿线兴起了济宁、张秋、临清、德州等城镇，这些城镇在运河及漕运的刺激下，大多商业发达、人口众多。约翰·尼霍夫描述运河沿岸重镇济宁："这个城房舍叠栉邻比，并有二座高塔。河两岸的郊区一望无际，人烟稠密。此处还有两道大水闸，闸水时水深达六尺。所有的客栈和茶馆都拥有自己的戏旦来取悦观众，顾客只需付六七文日本钱就可坐着整天看戏。而这么富有情趣、衣着华丽的男女戏子竟也能依靠客人所给的如此微薄的钱生活，真是不可思议。"

荷兰使团在济宁的微山湖见到了渔民用鸬鹚捕鱼的场面，认为是一种了不起的做法："他们有一种两边都架着竹竿的小船，用桨划动，上述的鸟就停歇在竹竿上。他们把小船划到湖里，把那些鸟放出，那些鸟就立刻潜到水里寻鱼。而中国的船夫们则继续划桨前行，而这些鸟就以同等速度跟着船游动寻鱼。这些鸟的嗉囊用圆环勒住，以防它们捕到鱼后囫囵吞下。而这些鸬鹚在水里一叨到鱼，就立刻浮出水面，先把鱼咽到嗉囊里，飞到船上，渔夫就使劲掰开它的嘴巴，从嗉囊里熟练地掏出那条鱼来。如果鸬鹚不再潜入水中捕更多的鱼，中国渔夫就用棍子或竹板将他们的鸬鹚打得羽毛横飞，这真是一种莫名其妙的事情。"

临清地处江北大运河中段，会通河和卫运河在此交汇，为南来北往漕船、商船的必经之地。约翰·尼霍夫记载："六月二十日，二位使臣在著名的城市临清停泊。该城距东昌城一百二十里，坐落在皇家运河的两岸，有两座城堡互相守卫着，河心还建有二个坚固的水闸。城北有一座由九条渡船搭成的浮桥，人们可以经浮桥来往于河两岸的城区。我们还在这里看到河两岸各有一门小铁炮，设置的位置很恰当。该城位于一片沙质的地面上，建有土质城墙，城里有许多漂亮的房舍和庙宇。城墙上有一个石造的城楼，北门城墙有十五个岗楼，两个圆堡。该城的布局呈不等边三角形，城区的幅员步行约一个半小时。我们在此地买到许多罕见的水果，其中有个大味美的梨，这种梨可以存放很久。从该城北门向北京方向航行，约半个小时后，可看见靠河之处有一座异教的庙宇，里面有很多奇异的东西。在庙里最后的殿中，有一尊三十尺高的女偶像，塑造得很精巧，装扮也很华丽。"

德州位于山东省的西北部，黄河和京杭大运河穿境而过，自古就有"九达天衢，神京门户"之称。运河全线贯通后，德州成为水陆交通要道，商品经济日益繁荣。约翰·尼霍夫写道："该城距故城县七十里，城区呈四方形，位于上述河流的右岸，城墙高大漂亮，上面有很多垛堞和圆堡。城郊人口众多，商业繁盛。此地停泊着很多戎克船和其他各种船只，我们费了很大力气才得以通过。鞑靼人常常在此处买酒，因为当地汉人所酿的酒较外地酒好，价格便宜，味道醇美，储久不坏。"

荷兰使团回国后，约翰·尼霍夫将沿途见闻整理成《荷使初访中国记》一书。1665年，阿姆斯特丹书商出版了游记的荷文和法文版，引起轰动。在相当长的一段时间内，《荷使初访中国记》成为欧洲人了解中国、了解大运河风情的重要知识来源。

6. 英国使团画运河

18世纪中叶工业革命后，英国成为世界上数一数二的资本主义强国，开始疯狂开辟殖民地，致力于实现中英通商。清乾隆五十七年（1792），英王任命马戛尔尼勋爵为访华使团大使，率领八百多人的访华使团，以为乾隆皇帝庆祝八十三岁寿辰为名，由澳门登陆，辗转经大运河北上，并于次年（1793）八月抵达北京。英使团提出互建邦交、促进通商等要求。乾隆帝认为这是侵犯中国主权的无理要求，坚决不允。马戛尔尼一行大失所望，只好在清朝官员陪同下沿运河南下，游历山东、江苏、浙江，以及江西、广东等地后离华。其中英使团副使乔治·斯当东将沿途见闻汇为《英使谒见乾隆纪实》一书，其中留下了大量有关山东运河沿岸城镇、民风民俗、水

临清舍利宝塔（郑民德摄）

利设施和名胜古迹的记载。

英使团于十月二十二船抵临清州，城北卫运河东岸的九层舍利塔引起了他们的注意。临清舍利塔为仿木结构楼阁的砖塔，建于万历三十九年（1611）。塔平面呈八角形，共九层，远眺雄浑高峻、巍峨壮观。临清州舍利塔没有建在高耸的山上，却建在运河河畔的平地上，这让使团成员表现出浓厚的兴趣。

水闸是调节水位以供船只通行的设施。当时的京杭运河沿线遍布各种水闸，英国来华使团也注意到了。《英使谒见乾隆纪实》中记载："御河和运河两个河床之间汇流的地方，为了减低御河的水流入运河速度过猛，当中挖深三十尺。御河的水倾入运河之后，为了防止水流太急，又在运河上认为需要的地方安了几道水闸，有的相距不到一里，这在其他地方是没有的。同欧洲的水闸不一样，运河水闸没有高低水门。它的水门构造非常简单，容易控制，修理起来也不需要很多费用。它只是几块大木板，上下相接安在桥砧或石堤的两边沟槽里，当中留出开口来足够大船航行。因为水位不平，运河航线上有些水闸主要是为调节水量的。船只通过水闸时需要相当技巧。一个水手拿着一个大桨站在船头指挥，船上客人俱都站在船旁护板两边。护板是用兽皮做的，当中塞进头发，避免船只碰到石头上的震动。"

除了写实性的文字记录外，英使团在华期间，还特意将所过之处的山川河道、港湾岛屿、城防堡垒及城镇风貌等一一测绘考察，并由随行画师详尽描绘。如路经临清时，他们留下了《临清塔湾景图》等绘画作品。此画选取乾隆年间临清土城怀朔门外一角，以当时临清城地标舍利塔为中心绘制，笔触细腻、比例准确。土城内净宁寺、清真寺隐约可见，运河上北水门、漕运帆船、摆渡船、渔船等历历可数，僧人、道士、香客、船工、渔夫及游客均有所展现，真实记录了临清城北一带商船往来、人潮汇聚的景象。这些有关临清的铜版画均被收录进了英王乔治三世高度重视并于两年后付梓的《乾隆英使觐见记》中。马戛尔尼使团的画师归国后，又二度创作了《舍利塔蹴鞠图》《运河岸边卖猫图》等描绘临清生活场景的铜版画，收录入《乾隆英使觐见记》的姊妹篇《中华帝国》一书。

英使团带着新奇的眼光审视京杭大运河，他们的文字和绘画生动体现了中西文化的碰撞和交流，成为向外传播中国文化的重要载体。但英使团所在意的，并不仅仅是瑰丽的运河风情。马戛尔尼就指出："清政府好比是一艘破烂不堪的头等战舰……她胜过邻船的地方，只在她的体积和外表。"他们在写给乔治三世一封密信特别提到："看来有一条河道……可以进入中国的著名海港天津。从天津到北京……通过此路发动战争……"不到半个世纪后，鸦片战争爆发，当年的"觐见"之路，引来了来势汹汹的英国海军战舰，轰开了古老帝国的大门。

参考文献

[1]〔清〕陆耀纂：《山东运河备览》，江苏广陵古籍刻印社 1992 年版。

[2]〔清〕阎廷谟撰：《北河续纪》，海南出版社 2001 年版。

[3]〔清〕张伯行撰：《居济一得》，商务印书馆 1936 年版。

[4]〔明〕王宠编：《东泉志》，广陵书社 2006 年版。

[5]〔清〕丁宝桢著，郭国庆等编校整理：《丁宝桢全集》，贵州人民出版社 2017 年版。

[6]〔明〕李东阳著：《李东阳集》，岳麓书社 1984 年版。

[7]〔清〕谈迁撰，汪兆平点校：《北游录》，中华书局 1960 年版。

[8]〔清〕翁同龢著，陈义杰整理：《翁同龢日记》，中华书局 1989 年版。

[9] 许檀著：《明清时期山东商品经济的发展》，中国

社会科学出版社 1998 年版。

[10] 王云、李泉等著：《中国运河文献书目提要》，人民出版社 2012 年版。

[11] 姚汉源著：《京杭运河史》，中国水利水电出版社 1998 年版。

[12] 中共山东省委党史研究院、山东省地方史志研究院、聊城大学运河学研究院编：《京杭大运河山东段志》，中华书局 2021 年版。

[13] 邹逸麟总主编：《中国运河志》，江苏凤凰科学技术出版社 2019 年版。

[14] 郑民德著：《明清运河漕运仓储与区域社会研究》，人民出版社 2020 年版。

[15] 王玉朋著：《清代山东运河河工经费研究》，中国社会科学出版社 2021 年版。

[16] 郭涛著：《潘季驯》，水利电力出版社 1985 年版。

后 记

　　《丛书》的编纂，是在山东省委宣传部直接领导下完成的。省委常委、宣传部部长白玉刚同志统筹策划部署，并担任编委会主任，多次主持召开编委会会议，提出明确目标要求和指导意见。省委宣传部分管日常工作的副部长、省文明办主任、省新闻办主任袭艳春同志对本书的立项出版、风格设计等方面提出了许多宝贵意见。在魏长民、毕司东、程守田、张同海、冷兴邦等同志的大力指导支持下，以教育部人文社科重点研究基地山东师范大学齐鲁文化研究院为学术挂靠单位，组建了《丛书》编纂学术委员会，具体负责编纂工作。山东师范大学特聘资深教授王志民任主任，山东大学儒学高等研究院教授杨朝明、中共山东省委党史研究院原一级巡视员韩延明、鲁东大学原副校长刘焕阳任副主任，全省相关高校、科研单位的 15 名学者为委员。

　　编纂过程中，《丛书》被列为山东省社科规划 3 个重大委托项目和 16 个一般项目。杨朝明为传统文化重大项目组首席专家，韩延明为红色文化重大项目组首席专家，刘焕阳为河海文化重大项目组首席专家。编委会经反复研讨，制定了《编撰体例》《编撰指导意见》；在省委宣传部支持下，采取主任统一领导与首席专家具体负责相结合的方式，认真落实各卷主编为质量第一责任人、首席专家和学术委员为主要质量把关人的运作机制；多次召开线上与线下、全体与分组相结合的研讨会，对提纲设计、样稿研讨、通稿审稿等关键环节，深入研讨、反复审议，编委会与全体编纂人员团结合作、齐心协力，付出了艰辛劳动。山东文艺出版社提前介入，对编纂工作和撰稿体例等提出了许多宝贵意见。在此，我们谨向为《丛书》编纂付出心血的各位领导、专家、作者和所有相关同志们表示诚挚感谢！

本册编纂，得到首席专家刘焕阳教授和学术委员吴欣教授、王振星教授、仝晰纲教授、李兆禄教授、马树华教授的悉心指导，并得到聊城市委宣传部、聊城中国运河文化博物馆的大力支持。聊城大学郑民德教授担任主编，全面负责本册的编纂工作。具体撰稿分工如下：导语、第一部分"开渠通运"由郑民德撰写；第二部分"巧思治河"由高元杰撰写；第三部分"转漕南北"由王玉朋撰写；第四部分"大运之旅"由胡克诚撰写。

由于水平和条件所限，不妥之处在所难免，欢迎有关专家和广大读者批评指正。

编者

2023 年 8 月